LE BOOMERANG

Alphonse Allais

Edition : Culturea (culurea.fr), 34 Hérault
Contact : infos@culturea.fr
Impression : BOD, Norderstedt (Allemagne)
ISBN : 9791041838578
Date de publication : juillet 2023
Mise en page et maquettage : https://reedsy.com/
Cet ouvrage a été composé avec la police Bauer Bodoni

Chapitre premier

Dans lequel on va voir, attristant spectacle, et sans qu'on aperçoive bien les causes réelles et suffisantes d'un tel désespoir, le jeune porteur d'un des plus vieux noms de France tenter de mettre fin à son existence individuelle et, du même coup, à sa race glorieuse, dernier descendant mâle qu'il est d'une de ces lignées dont on pouvait dire sans crainte de s'entendre taxer d'exagération, qu'on ne voyait qu'elle aux Croisades.

Guillaume de la Renforcerie se sentait triste et même incompris, – ah ! combien triste et incompris, oh que ! – depuis l'instant où Marie-Blanche, la jolie Marie-Blanche Loison, l'avait brusquement quitté par un froid matin de mai.

Le mois de mai avait froid aux pieds, cette année-là, détail météorologique qui n'empêcha point Marie-Blanche Loison de courir à d'autres amours.

Avec qui ?

Pourquoi ?

Comment ?

Ces questions qui font partie de l'ancien droit romain *Quid ? Ubi ? Cur ? Quomodo ? Quando ?* se posaient à la cervelle de Guillaume, une cervelle de dernier ordre assurément, puisqu'elle ne parvenait pas à résoudre ce problème.

Mais, en cette cervelle d'avant-dernier ordre, – car on ne sait jamais, avec ces diables de cervelles, si elles sont réellement au-dessous de tout, à cause des parois crâniennes qui les protègent contre les avides et pénibles investigations des psychologues et des physiologistes, – en cette cervelle, dans tous les cas, de sous-ordre, après la fugue de Marie-Blanche, de la jolie Marie-Blanche Loison, germa Dieu sait quel projet fatal !

La solution, et c'est bien d'une solution réellement chimique qu'il s'agit, fut, pour notre ami Guillaume, de se dissoudre dans le Grand-Tout.

Manière élégamment scientifique de vous dire que notre ami Guillaume, de la Renforcerie résolut de mettre fin à ses jours – et surtout à ses nuits, que tourmentait, âpre et lancinant, le souvenir de la Chère et de la Chair disparues.

En d'autres termes, comme disent les concierges trimestriellement, il songea à résilier le bail trois, six, neuf renouvelable que la Nature lui avait signé avec l'Existence.

Ne me poussez pas trop, car je me sens prêt à vous établir que l'existence est bel et bien la pipelette de la Nature, notre archigrande propriote.

... Vous ne me poussez pas dans cette voie éminemment philosopharde ?

Non.

Alors je continue, en vous disant tout bêtement que cet imbécile, pour une Marie-Blanche disparue, se décidait à perdre la vie.

Le suicide ! Brrr !

L'Amour, ce roi des dieux et des hommes, qui a la prétention de fabriquer la Vie, se termine souvent par la destruction de cette même vie.

L'Amour ! Encore un gaillard, grognez-vous, qui manque étrangement de logique : on vous en fichera de la logique !

Tout ça, d'ailleurs, n'est pas de votre compétence.

Oui, mais quel genre de suicide ?

Guillaume de la Renforcerie, inventoriait son porte-monnaie plat, afin d'y trouver le prix d'un revolver.

C'est hors de prix, les revolvers : il y en a, parbleu ! de pas trop chers, mais ils ratent.

L'exigu porte-monnaie du désespéré ne contenait pas la somme indispensable à l'achat de divers instruments : fusil, espingole, yatagan, cimeterre, stylet ou navaja, capables de déterminer en lui le traumatisme fatal.

Même pas le prix d'un boisseau de charbon, ni celui d'une corde, d'une corde, bien entendu, digne de ce nom (les bonnes cordes à pendre se fabriquent à Londres, vous voyez d'ici quels prix, étant payés le fret et la douane, elles peuvent atteindre).

Non, le porte-monnaie de Guillaume, ne contenait pas de telles sommes, d'autant plus – j'aime mieux vous le dire tout de suite, – que Guillaume de la Renforcerie, jeune homme affranchi de tout principe bourgeois, ne possédait pas l'ombre du plus mince porte-monnaie.

Restait pour lui, la seule ressource des suicides gratis. Tramways ardents et furieux, automobiles égarées, chemins de fer ; cela est bon pour des gens combattifs dans le genre de Don Quichotte, qui n'hésitait pas à se colleter avec tous les moulins à vent de son pays, sport aujourd'hui risible.

Guillaume de la Renforcerie passa en revue, parmi les suicides, la descente rapide, verticale et aérienne du haut de la colonne Vendôme ou de la tour Eiffel, mais l'accès de cette dernière n'est pas gratuit et l'ascension de la colonne est désormais interdite.

Restait le pont des buttes Chaumont, du haut duquel on peut passer rapidement dans le Nirvana des Bouddhistes par un simple enjambement. Guillaume, poète à ses heures dans le genre classique, se refusa à accepter l'enjambement, quoique... enfin... des fois...

Il n'y avait donc que la Seine, la bonne baignade finale.

Un temps superbe ; je ne sais plus combien de degrés au-dessus de zéro.

Et pas de vent.

Guillaume alluma sa cigarette, la dernière ! dans un bureau de tabac dont la caissière lui parut séduisante au possible, avec un de ces petits airs aguicheurs comme il s'en rencontre fréquemment au sein des débits. Inébranlable dans sa résolution, Guillaume descendit vers le grand fleuve parisien que le Sahara nous envie. Il arriva lentement au Pont-Neuf, salua poliment Henri IV – son aïeul peut-être, sait-on jamais, avec ce vert-galant ? et descendit sur le quai.

Là, il avisa un pêcheur à la ligne, qui, coiffé d'un vaste feutre, somnolait en regardant son bouchon de liège qui frétillait dans les remous.

Le spectacle de cet homme paisible, en proie à l'ardente passion de la pêche, intéressa notre pauvre ami.

Avant d'aller répandre son moi dans le liquide de la Seine il éprouva la légitime curiosité de savoir avec quels genres de poissons il allait bientôt entrer en contact.

Il s'assit donc sur le quai auprès du pêcheur à la ligne.

Et il attendit.

Il attendit longtemps : cinq minutes, un quart d'heure, une demi-heure (j'abrège) puis une heure, enfin une heure un quart.

L'homme au feutre ne bougeait pas, sa main droite tenait le roseau immobile, le fil formait avec le niveau de l'eau un angle dans les 40 à 45 degrés.

Le bouchon seul frétillait.

Le visage de l'homme continuait à se dissimuler sous le feutre à larges bords.

Il semblait corpulent, l'homme, et dans toute la force de l'âge.

Une houppelande d'une étoffe passée de mode l'enveloppait.

Un vaste panier affreusement vide, un immense panier se tenait près de lui.

Citons également une boîte d'asticots et un de ces vastes couteaux moyennant lesquels on vide le poisson, quand le cas s'en présente.

Guillaume s'intéressait à cet individu qui lui semblait privé de mouvement, ainsi que le sont les cariatides des monuments et les statues de la place de la Concorde et autres objets d'art dus au ciseau de nos plus grands artistes.

Pendant son heure et demie d'attente, car il s'est bien passé un quart d'heure depuis notre dernier chronométrage, Guillaume, peu à peu, se ressaisissait, reprenait goût à la vie.

Le problème insoluble que lui offrait cet être immobile charmait déjà son esprit de poète investigateur et symboliste (quoique classique) ; il y avait en lui l'âme d'un ancien reporter qui aurait quelques tendances à faire un peu de police pour égayer ses loisirs.

Or, précisément parce que son existence s'était écoulée regrettons-le, pour la plus grande partie, dans l'inaction, Guillaume ne s'était jamais connu de loisirs réels excepté à cette heure suprême, où, avant de mourir... il avait tout le temps.

À force d'investiguer, il remarqua qu'un journal froissé gisait dans le fond du panier vide.

Ce journal n'était pas un journal français, ni anglais, ni espagnol, ni belge, ni suburbain, ni italien, ni allemand, ni russe.

Guillaume cherchait vainement à quelle langue ressortissait l'écriture imprimée qui jonchait le panier vide.

Du japonais ?

Il le crut un instant ; puis, par un effort de sa cervelle qui, quoique d'avant-dernier ordre, possédait encore quelques notions ethnologiques, il aboutit à cette conclusion que ce journal était un journal néerlandais, ou, pour parler comme dans le temps, une gazette de Hollande. Et il reconnut cette chose à un détail insignifiant peut-être pour un esprit superficiel, mais capital aux yeux du véritable investigateur.

Sur ce que nous autres, avisés publicistes, nous appelons la manchette, Guillaume avait déchiffré ce vocable : « Amsterdam ! ».

Par suite d'une rare mémoire que l'exercice de la versification avait accrue, Guillaume se souvint que, tout petit, tout petit, on lui avait appris la géographie européenne et qu'Amsterdam était une ville de la Hollande.

D'une association d'idées fort naturelles et sans hésiter, il conclut - oh ! mon Dieu, c'est bien simple - que ce pêcheur à la ligne était un marchand de fromages de Hollande.

On nomme aussi ces fromages de Hollande « tête de mort », appellation qui, parfois, chez les âmes timorées, rafraîchit la vieille gaieté de nos desserts.

Dans son état comateux de suicidable (il y a des suicidables comme il y a des contribuables ; c'est d'ailleurs un peu la même chose à bien réfléchir) il trouvait assez piquante cette rencontre d'un probable marchand de « têtes de mort » au moment où lui-même s'apprêtait... mais n'insistons pas sur ce point macabre et douloureux.

Antithèse comme on en trouve n'importe où, sous le pas d'un cheval, par exemple, l'idée de cette « tête de mort » qui essayait de pêcher à la ligne des poissons dans la Seine, remit une gaieté de bon aloi dans le cœur de Guillaume.

Mais il n'est de si belle contemplation qui ne doive prendre terme, surtout quand on est forcé d'exécuter un plongeon suprême.

À un moment donné... – vous remarquerez que les moments sont toujours donnés ; c'est curieux, on ne les prête pas, on les donne... – se levant :

– Monsieur, s'adressa d'une voix forte Guillaume de la Renforcerie à la « Tête de Mort », monsieur, veuillez déranger votre système piscatoire, car je vais me jeter à l'eau.

L'homme au feutre, sans que son bras droit bougeât d'un centimètre, ni sa gaule, ni son fil, ni son bouchon, tourna lentement sa large face basanée de Hollandais.

Cette face basanée était poilue ; un nez flamboyait au centre, et, du coin de la bouche, une pipe énorme émergeait. Mais c'était une pipe éteinte, peut-être même une pipe vide.

Les yeux de la « Tête de mort », des yeux bleu-faïence, regardèrent Guillaume en chien de même substance.

Puis toujours lentement, cette face se retourna vers le fleuve.

Guillaume n'aperçut plus que la coiffe et les ailes de l'immense feutre noir, semblable à un parapluie.

Le tout redevenait immobile dans le silence.

Un silence religieux !

Quel silence !

Grâce à un peu de finesse dans l'ouïe, on eût pu percevoir, venant de là-bas, du palais Mazarin, le bruit léger que produit la mouture du dictionnaire de l'Académie sur nos vieilles et glorieuses syllabes nationales.

Guillaume commençait à perdre patience.

Alors, au lieu de prendre, comme il venait de le faire, une voix forte et basse pour convaincre cet obstiné pêcheur, il emprunta un ton suraigu et glapit :

– Monsieur, vous dis-je, écartez vos engins capteurs de poisson, et laissez-moi la place libre, afin que je me noie.

Le feutre se tourna de nouveau d'une façon automatique vers notre jeune désespéré.

Le visage basané, les yeux bleu-faïence, la barbe, la pipe éteinte, peut-être même vide, tout, Guillaume revit tout.

Et, de ce spectacle, une voix sortit, agrémentée d'un accent étranger sur lequel nous aurons à revenir plus tard.

- Fous... brenez le pipe tout te suite, et pourrez-le... Le tapac est tans le poche te troite.

Obéissant, médusé, Guillaume prit le pipe... pardon, la pipe. Et le visage de l'étranger se tourna vers le fleuve de nouveau.

Et Guillaume, dans une sorte d'inconscience tragique, étant donné son désir absurde de se plonger dans la Seine puante, plongea sa main dans la poche du présumé et très présumable Hollandais, et en tira du tabac...

Ce tabac était enveloppé dans un billet de mille francs.

Mais ce billet de mille francs n'était pas un vrai billet de mille francs.

Hâtons-nous de dire que ce n'était pas non plus un vulgaire et nauséabond billet de la sainte-Farce.

Non. C'était un billet hollandais de cinquante florins.

N'essayons même pas de dépeindre la stupeur de notre ami Guillaume, à ce spectacle.

Sidéré, extraordinarisé, palpitant, il bourra la pipe de l'étranger, une énorme pipe de faïence, pourvue d'un couvercle d'argent finement ouvragé.

Comme il remettait le tabac et sa fastueuse enveloppe de papier-soie dans la poche de droite, l'homme tourna de nouveau vers Guillaume son visage et dit :

- Maintenant, tonne.

Il ouvrit une bouche et montra des dents redoutables qui happèrent le tuyau avec la gaie morsure du joyeux crocodile.

On parle toujours, en effet, des larmes du crocodile ; le temps est venu de proclamer la gaieté, parfois indécente, l'irrésistible jovialité de ce saurien qui, d'habitude, ne fume que le Nil.

Notre étranger possédait, sous des sourcils touffus et une paupière plissée comme un vieil éventail, un regard - nous avons plus haut signalé ce détail - bleu, où scintillait un rire de brave et sans façon bongarçonnisme.

– As-tu tes allumettes ? demanda-t-il toujours avec le même accent.

Guillaume, qui avait songé à s'empoisonner par le phosphore, possédait une boîte d'allumettes.

Insuffisantes à donner la mort, ces allumettes, amorphes et anciennement suédoises, étaient susceptibles d'allumer une pipe.

Ainsi fut fait : Guillaume appliqua l'enflammé bout de bois sur le fourneau de faïence, la bouche du joyeux Crocodile hollandais fit quelques aspirations, pfeu, pfeu, pfeu, et voilà notre pipe allumée !

Alors, derechef :

– Voulez-vous, monsieur, écarter votre ligne, pour que je me précipite dans ce fleuve boueux et que j'y trouve l'oubli définitif ?

Le Crocodile, ex-Tête-de-Mort, se leva d'un bond, jeta sa ligne sur le sol, et, interposant sa carrure gigantesque entre le fleuve et Guillaume, déclara :

– Ne tis tonc pas te pêtises, je suis le Profitence. Fiens técheuner afeck moi.

Chapitre deuxième

Où l'on verra de quelle façon Guillaume de la Renforcerie et Marie-Blanche Loison se rencontrèrent et se perdirent en moins de temps, ou à peu près, qu'il n'en faut pour l'écrire, telles deux épaves flottant sur la mer immense, et que la même vague entrechoque, puis sépare à tout jamais, ce qui n'est, d'ailleurs, pas le cas exact de nos héros, appelés bientôt, Dieu merci ! à se rencontrer.

Maintenant que vous avez pris contact avec Guillaume de la Renforcerie, et que le nom de Marie-Blanche Loison ne vous est plus étranger, ainsi qu'il en est de la situation morale du premier et de la beauté de la seconde, l'heure est venue, ce nous semble, d'apprendre comment ces deux êtres intéressants en vinrent à croiser les deux esquifs de leurs existences sur cet océan qu'est Paris, la Grand-Ville.

Ce fut par un après-midi de fort brouillard qu'il la rencontra.

Éternelle histoire : le coup de foudre !

D'un rouleau qu'elle tenait à la main s'échappèrent des papiers sur lesquels s'étalait une grosse écriture régulière.

Lui, qui la suivait depuis quelques hectomètres, se précipita, ramassa les papiers, et :

- Mademoiselle, dit-il gracieusement son chapeau à la main, vous perdez quelque chose.

- Oh, merci, monsieur !

- De rien, mademoiselle.

- Si, monsieur, au contraire. Vous venez de me sauver cent sous d'amende.

- Ah bah !

- C'est que nous avons un régisseur qui ne blague pas.

La glace était rompue.

Sans se faire outrageusement prier, la jeune personne confia ses noms et prénoms : Marie-Blanche Loison.

Confidence superfétatoire, d'ailleurs, tant ses nom et prénoms émanaient en quelque sorte de toute sa personne

Albe immaculation de *Marie-Blanche*.

Candeur de *Loison*.

Avez-vous remarqué comme certains prénoms *collent*, si j'ose dire, avec les personnalités qui les détiennent ?

– Comment vous appelez-vous, mademoiselle ?

– Monsieur, je m'appelle Valentine.

– Je l'aurais parié.

On est de bonne foi, certes, en poussant cette exclamation, mais il ne sied pas d'exagérer ce sens de la divination.

À beaucoup de ces malins qui *l'auraient parié* :

– Et cette dame rousse, un peu forte, leur brûlez-vous le pourpoint, assise à côté du vieux monsieur, comment s'appelle-t-elle ?

Quatre-vingt-dix-neuf fois sur cent, ils épuiseront tout le catalogue du Paradis avant de découvrir que cette dame rousse, un peu forte, s'appelle *Louise* tout bêtement.

Il se peut donc que dans l'esprit de notre ami Guillaume de la Renforcerie un phénomène d'interversion mentale, favorisé par son trouble, se soit ainsi produit et qu'entendant pour la première fois ces six gracieuses syllabes accouplées *Ma-rie-blan-che-loi-son*, il ait éprouvé la sensation précise de les connaître avant la minute où elles furent énoncées...

L'étude, mesdames et messieurs, des phénomènes psychiques.

... Mais, j'entends dans l'honorable assistance s'élever d'irrévérencieux murmures : La barbe !... La jambe !

Rentrons donc, chers amis, en plein cœur du sujet,

comme dit Coppée.

Marie-Blanche Loison !

Guillaume marchait aux côtés de Marie-Blanche et, bien que la timidité n'entrât que pour une infime proportion dans la formule de sa complexion, il ne savait trop que dire, il ne le savait même pas assez.

C'est ainsi qu'ils arrivèrent jusqu'au bureau d'omnibus qui se trouve tout près de la porte Saint-Martin.

Marie-Blanche prit un fragment ovale de carton vert pourvu du chiffre 87, qui lui conférait, quand son tour en serait venu, le droit de prendre place dans l'omnibus qui se dirige vers l'église de la Madeleine.

Guillaume obtint dans le même ordre d'idées le numéro 88.

Guillaume de la Renforcerie n'avait, à proprement parler, rien qui l'appelât plutôt du côté de la Madeleine que du côté de la Bastille, ni, d'ailleurs, d'aucun autre côté. Mais l'idée de se voir arraché brusquement au charme naissant, mais irrésistible déjà de sa nouvelle amie, ah ! plutôt la mort !

Guillaume est, comme il en fourmille en nos temps détraqués, un de ces êtres qui, dès que les choses ne tournent pas à leur gré, songent tout de suite au trépas, sauf, plus tard, à découvrir quelque expédient moins vif.

– Hélas ! les choses ne tournèrent pas, cette fois, au gré du jeune homme.

– Les voyageurs pour la Madeleine !... Deux places à l'intérieur, trois à l'impériale ! Allons le 83, 84, 85, 86, 87... Complet !... Ding ! ding ! ding !... Roulez !

Complet !

La dernière place disponible se trouvait justement occupée par Marie-Blanche Loison, laquelle n'eut garde de partir sans avoir décoché le plus gracieux et le plus reconnaissant de ses sourires à son compagnon de quelques minutes.

Et la lourde voiture s'enfonça dans le brouillard, éperdument, laissant sur le trottoir, tête et cœur comme subitement vidés par une puissante et brusque pompe aspirante, notre pauvre ami Guillaume de la Renforcerie.

Marie-Blanche Loison !

Le très doux écho de ces trois noms, avec l'évanescente vision de quelque chose de blond et de rose, c'est tout ce qui lui demeurait de l'aventure.

Courir après l'omnibus ?

Fréter un sapin ?

Deux solutions également séduisantes et réalisables auxquelles notre aplabourdi ne songea même pas, tant, à cette minute, le pauvre garçon était tout écroulé.

Puis, peu à peu, le sens de la vie se réinstalla chez lui.

Mais trop tard, l'omnibus doit être loin s'il court encore, comme on dit dans le peuple.

Lentement et comme magnétiquement, Guillaume prit la direction de la Madeleine.

Espérait-il la rencontrer de nouveau ?

Peut-être.

Mais, à coup sûr, il la reverrait.

Il se jurait de la revoir, et, quand on s'appelle Guillaume de la Renforcerie, qu'on a juré quelque chose, fût-ce à soi-même, on tient sa parole.

Le calme renaissait en ses esprits.

On n'est pas des bœufs ! essayait-il de s'inculquer courageusement ; *on n'est pas des bœufs !*

Oui, mais comment la retrouver ?

– Mon Dieu, suis-je bête, éclata-t-il.

Une colonne Morris lui tendait les bras.

Littéralement il s'y rua.

Comédie-Française. Ce soir, l'*Énigme*. Mlle Bartet, Mlle Brandès, etc., etc... Zut ! pas la moindre Marie-Blanche Loison !

Odéon. Ce soir, *Athalie*. Mlle Chose, Mme Machin, etc., etc... Zut ! pas la moindre Marie-Blanche Loison !

Théâtre Sarah-Bernhardt. Ce soir. *Théroigne de Méricourt*, Mme Sarah Bernhardt, Mlles Une-Telle, Telle-Autre, etc., etc... Mon Dieu, comme il y en a des demoiselles dans *Théroigne de Méricourt !* Ce sacré Paul Hervieu ! Mais, zut ! pas la moindre Marie-Blanche Loison !

Toute la colonne Morris y passa, et pas la moindre Marie-

Blanche Loison !

Guillaume retomba dans un vif abattement.

Pourtant, elle appartenait à quelque théâtre, puisque le manuscrit ramassé c'était, il avait eu le temps de le remarquer, la copie d'un rôle...

Et puis, elle lui avait parlé de son régisseur, qui *ne blaguait pas.*

Si elle jouait sous un autre nom que celui, si délicieux pourtant, de Marie-Blanche Loison !

Peut-être aussi faisait-elle partie, ô espoir ! de la troupe d'un de ces petits théâtres à côté, comme on dit, que leur faible budget n'autorise pas à garnir tous les jours la périphérie de ces bien parisiens cylindres-programmes, mais dont il est facile de faire en peu de temps la complète exploration.

La sombre nuit que passa Guillaume de la Renforcerie connut un réveil radieux.

On dit qu'il y a un bon Dieu pour les amoureux, ainsi qu'il en existe un autre pour les pochards (le même, peut-être, car quoi de plus comparable à l'ivresse que l'amour ?), rien n'est plus vrai.

Dans son lit, ouvrant le journal que venait de lui apporter sa concierge, Guillaume sentit ses yeux comme attirés par un irrésistible aimant, vers la rubrique : *Échos des coulisses,* et voici ce qu'il lut :

« Ce soir, à l'élégant petit théâtre des Folles-Ivresses, première représentation de *Le Pauvre Bougre et le Bon Génie,* féerie néo-contemporaine, de M. Alphonse Allais, avec la distribution suivante :

Le Pauvre Bougre... M. Mounet-Sully
de la Comédie-Française
(en représentations).

Le Garçon de café... M. Frédéric Febvre
Ex-sociétaire

de la Comédie-Française.

Le Bon Génie... Mlle Marie-Blanche Loison.

« Nul doute que la coquette bonbonnière des Folles-Ivresses soit trop petite, pour contenir le Tout-Paris qui ne manquera pas de s'y venir entasser*(sic)*. »

Chapitre troisième

Lequel n'est, pour la plus grande partie, que simple hors-d'œuvre, offrant avec l'action même du roman la plus lointaine des connexités, mais que, tout de même, le lecteur, j'en suis convaincu, me saura gré d'avoir... comment dirais-je bien ?... c'est cela !... d'avoir intercalé.

À juste titre baptisé par son auteur *Féerie néo-contemporaine*, la pièce dont on donnait ce soir-là la première représentation aux *Folles-Ivresses* avait attiré ce qu'on est justement convenu d'appeler le Tout-Paris dans la coquette bonbonnière de l'impasse Eugène Lintilhac.

Ce titre : *Le Pauvre Bougre et le Bon Génie*, la notoriété de l'auteur, dont c'était en quelque sorte le début au théâtre, l'éclat de l'interprétation, Mounet-Sully, excusez du peu ! obligeamment prêté par M. Claretie, Frédéric Febvre, fichtre ! ami intime de plusieurs monarques européens (je ne cite pas Marie-Blanche Loison, dont la notoriété ne dépassait pas un petit cercle plutôt montmartrois), etc., etc., tout, en un mot, faisait de cette soirée une de celles qui comptent dans une *season*, ainsi que disent les Anglais.

Le rare culot inhérent à Guillaume de la Renforcerie lui permit d'occuper un des meilleurs fauteuils de la coquette bonbonnière.

Après un petit acte insignifiant et quelques chansons ineptes de chansonniers dégénérés, la toile se leva sur le prestigieux chef-d'œuvre de notre sympathique confrère.

Loin d'être emprunté à quelque conte des Mille Nuits et une Nuit, comme prononce le docteur Mardrus, ou tel autre du vieux Perrault, *Le Pauvre Bougre et le Bon Génie* ne doit qu'à la vie réelle son saisissant intérêt.

La scène, en effet, représente quoi ?

La forêt de Brocélyande ?

Non.

La grotte de la Fée aux Perles ?

Non.

Une caverne toute scintillante de diamants, rubis ou autres

gemmes ?

Non, vous dis-je, rien de tout cela !

Mesdames et messieurs, la scène représente la terrasse d'un modeste café situé dans la rue peu passante d'un quartier éloigné.

Chaises, guéridons, le tout en fer, jadis revêtu d'une couleur cherchant à donner la touchante illusion du pseudo-bois.

Le voilà bien, le décor de la féerie néo-contemporaine, le voilà bien !...

Derrière ce modeste matériel, une devanture de café portant cette enseigne, que des esprits superficiels pourraient taxer de saugrenuité, mais que nous, qui nous y connaissons, jugeons étrangement belle, pour ne pas dire plus :

Au rendez-vous des Oasis.

Sauf le *Bon Génie* relevant du rêve et du symbole, les personnages appartiennent à ce monde que nous sommes appelés à coudoyer chaque jour dans la rue, sur les boulevards, les ponts et autres artères vicinales :

Un pauvre bougre,

Ou plutôt le pauvre bougre ;

Et un garçon de café.

Notez que ma prétention ne va pas jusqu'à pourvoir de majuscules ce personnage, si complexe, si ondoyant, si disparate.

Connaissez-vous rien de complexe, d'ondoyant et de disparate comme le type *garçon de café* ?

Au lieu de perdre mon temps à vous décrire le caractère, la mentalité et l'état social de ces deux bonshommes, je vais les faire parler devant vous.

À moins d'être d'irrémédiables gourdes, vous en saurez ainsi, à la fin de ce chapitre, autant que le propre auteur de la pièce.

Débutons, si vous voulez bien, par la scène première :

Le garçon de café essuie, à l'aide d'un torchon qu'on lui a, sans exagérer, remis au commencement de la semaine dernière, les chaises et les guéridons, ci-dessus énumérés.

Et, tout en se livrant à ce travail, il pousse des vocalises, ainsi que font les artistes lyriques soucieux d'entretenir la pureté de leur diamant.

Satisfait de lui :

- C'est épatant, remarque-t-il, jamais je ne me suis senti en voix comme aujourd'hui ! (Il chante.)

Ô Mathilde, idole de mon â-â-âme !

Quel organe, hein !

Précisément, ce soir-là, M. Frédéric Febvre, qui tenait le rôle de garçon de café, se trouvait dans une admirable force vocale.

Aussi, chaque fois qu'il eut l'occasion de chanter, la salle, enthousiaste, ne lui ménagea-t-elle pas, dès le début jusqu'à la fin de la pièce, ses plus ardents bravos.

- Et tout ça, pour servir des sales bocks à un tas de mufles qui vous collent deux ronds de pourboire !... Et c'est ça qu'on appelle une destinée !... Ah ! malheur ! (Il chante) :

Gloire immortelle de nos aïeux !

J'en aurais, un succès, ce soir, au Grand-Opéra de Montélimar ! Et, si je dis Montélimar, c'est que dans la situation que j'occupe en ce moment, je n'ai pas le droit de faire mon malin !... Et pourtant, avec ce creux-là (il fait le geste d'un homme qui en prend son parti)... Enfin !... quand je me ferais de la bile et de la bile, ça n'arrangerait rien, n'est-ce pas ?... Alors ?... (Il sort en chantant du Paul Delmet.)

Qu'importent les trahisons ?

La scène ne reste pas longtemps vide. Comme la nature, le théâtre a l'horreur du vide.

Et la scène deuxième montre le Pauvre Bougre.

Il arrive las – ô combien ! – et vêtu d'un costume propre, mais puréiforme au-delà de toute expression.

Il se laisse choir sur une chaise.

Inutile de rappeler comme, à l'entrée de M. Mounet-Sully, dans le rôle du Pauvre Bougre, la coquette bonbonnière croula sous les applaudissements.

Le propriétaire de l'immeuble, qui se trouvait dans la salle, n'en menait, comme dit le vulgaire, pas large.

De sa belle voix grave et bien timbrée, M. Mounet-Sully commença :

– Oh ! certes, j'ai mes défauts, et je ne me donne pas comme plus parfait qu'un autre ; mais il y a une chose qu'on ne peut pas me retirer, c'est que j'ai bigrement soif ! Oh ! oui, j'ai soif ! Au cours de ma longue carrière, si fertile pourtant en pépies de toutes sortes, je crois bien n'avoir jamais éprouvé une soif pareille à celle que j'éprouve en ce moment.

Il tire de sa poche une pièce de 10 centimes au moyen de laquelle il heurte la table :

– Garçon !... il n'y a rien qui vous altère comme de monter tous ces escaliers... si ce n'est pourtant de les descendre.

Il refrappe.

– Garçon !... En mettant bout à bout tous les escaliers que j'ai montés et descendus depuis quelques semaines je pourrais sûrement escalader l'Olympe ! (Il s'interrompt.)

– Tiens, un vers ? Il déclame avec affectation :

Je pourrais, sûrement, escalader l'Olympe !

Ça n'est pas un très beau vers, mais c'est un vers. (Il frappe de nouveau plus fort sur le guéridon.)

– Garçon !...

Si ce garçon tarde encore à venir, il ne trouvera à ma place qu'un cadavre desséché.

Le garçon, finalement, apparaît.

Et le dialogue s'engage entre le Pauvre Bougre et lui sur un ton semi-badin, semi-sérieux, comme il convient au genre féerique, mélange de foi naïve et de léger scepticisme :

– Ah ! vous voilà, mon ami ? Soit dit sans reproche, ce n'est pas trop tôt.

– C'est vous, mon pauvre monsieur. Eh bien ! comment que ça va aujourd'hui ?

– Euh ! Euh !

– Avez-vous fini par trouver une place ?

– Pas la moindre, hélas ! Tous les commerçants que j'ai vus m'ont dit de repasser.

– Ils vous prennent pour une blanchisseuse. (Il rit bêtement.)

– Vous trouvez ça drôle, vous ?

(Il hausse les épaules.)

– Oh ! ma foi, non !... Mais il faut bien rire... Alors, une absinthe, comme d'habitude ?

– Non, pas d'absinthe encore... J'ai trop soif. Boire de l'absinthe quand on a soif, mon ami, c'est offenser le Créateur...

– Ah !

– Oui. La bière suffit à cet usage...

– Alors, un bock ?

– Un simple bock.

– Blonde ?... Brune ?...

– Blonde.

Mais se ravisant brusquement :

– Non, brune.

Le garçon sort en chantant :

Entre la brune et la blonde,
Son cœur balance et vagabonde.

Resté seul, le pauvre bougre fait un retour sur lui-même :

– C'est pourtant vrai, ce que chante cet imbécile ! Entre la brune et la blonde, mon cœur n'a pas cessé de vagabonder. Il y eut des blondes, pour lesquelles j'aurais lâché toutes les brunes du globe, et j'ai connu des brunes à qui j'aurais sacrifié mon existence entière... Le tout, sans préjudice de certaines jeunes dames châtain et de rousses jouvencelles... Comme c'est loin, tout cela !

– Le bock demandé !

Le pauvre bougre saisit le bock et le vide d'un seul trait ; puis, à la grande stupéfaction du garçon :

– Cette bière n'est pas buvable ! grimace-t-il douloureusement.

– Que serait-ce donc, si elle l'était ?

Question qui vaut au garçon cette réponse si fière en sa simplicité :

– J'en redemanderais.

– Oh ! ça la bière ! ça n'est pas notre fort, ici ! fit l'autre d'un air détaché, dont il n'aurait pas fallu que son patron eût connaissance.

Un silence.

– Alors, mon pauvre monsieur, toujours sur le pavé ?

– Toujours, hélas !... Et mes petites économies qui commencent à s'épuiser.

Il compte son argent.

– Il me reste un franc quarante-cinq pour finir l'année.

– C'est plutôt maigre !

– Un franc quarante-cinq !... Ce fonds de réserve, qui semblerait suffisant à certaines Sociétés financières que je ne veux pas désigner plus clairement, est bien minime pour un homme seul !... Enfin espérons !... et oublions !

– Oublions !

– Et maintenant, donnez-moi une absinthe, mon ami. L'absinthe, c'est l'oubli ! L'absinthe, c'est l'évasion céleste de ce bagne terrestre qu'est la vie...

– Peut-être bien.

– Quelquefois, vous voyez un homme dans le ruisseau. Vous dites : « C'est un homme saoul. » Non ! C'est un évadé.

– Et les sergents de ville le fourrent au poste, pour lui apprendre à se sauver une autre fois... Pure votre absinthe ?

– Non, avec de l'anisette.

Et le garçon, selon l'habitude que vous avez déjà dû remarquer, sort en chantant :

Enfants, c'est moi qu'est l'anisette

L'anisette de Beranger.

Habitude qui commence d'ailleurs à taper sur le système nerveux du pauvre bougre, car :

– Cet homme, grommelle-t-il, est d'une gaieté indécente. Il me fait cruellement sentir qu'il en a une, lui, de place !... Et combien charmante, sa fonction ! Verseur d'oubli !...

Le garçon, selon la même habitude qui préside à ses sorties, rentre en chantant, mais cette fois sur un air de cantique empreint d'un rare mysticisme :

C'est l'heure sainte

De l'absinthe.

– Vous êtes gai, mon ami ?

– Moi, gai ? Ah ! fichtre, non ! je ne suis pas gai !

– Mais vous chantez tout le temps.

– Ça n'est pas une raison qu'on soit gai, parce qu'on chante.

– Cependant...

– Oui, je sais bien, à première vue, ça paraît drôle. Mais, la vérité, c'est que je chante, parce que je suis chanteur.

– Chanteur ?

– Bien sûr que je suis chanteur ! J'ai l'air comme ça d'être garçon de café, comme les autres, pas du tout ! Tel que vous me voyez (se redressant), je suis artiste lyrique.

– Artiste lyrique !... Étrange combinaison !

– Ah ! mon pauvre monsieur, c'est une bien triste histoire ! Et si vous aviez une minute ?

– Une minute ! Il me demande si j'ai une minute ! Mais j'en ai cent, j'en ai mille, des minutes ! Je n'ai que de ça ! Contez-moi votre histoire, mon ami. Vous commencez déjà à m'intéresser.

– Voici. Et vous allez voir qu'il n'y a pas que vous de malheureux sur la terre.

– La société est mal faite.

– À qui le dites-vous ?

– Enfin !... Tâchons de nous faire une raison.

– Imaginez-vous qu'il y a quelques années, je venais de débuter dans un petit restaurant près de l'Opéra-Comique, l'ancien, vous savez...

– Oui, celui qui a *déjà* brûlé.

– Précisément... Alors, un beau jour, voilà des messieurs, des messieurs bien, des journalistes qui se mettent à découvrir que j'ai une voix superbe, mais, là, superbe !

– Mes compliments !

– Tout le monde me prédit que j'arriverai à l'Opéra.

– Peste !

– Alors, qu'est-ce que je fais ? Je ne fais ni une ni deux, je prends des leçons de chant, et peu de temps après, me voilà qui débute dans un petit théâtre de province.

– C'était le pied à l'étrier.

– Ah ! ben ouiche !... Je n'avais pas plus tôt débuté que voilà que je perds ma voix !

– Pas de chance !

– Vous pouvez le dire, mon pauvre monsieur, vous pouvez le dire !

Le garçon de café, désignant sa gorge, imite le pénible manège des personnes aphones.

– Pas plus de voix que sur la main !... C'était gai !... Ah ! c'était gai !

– Et alors ?

– Alors, quoi ! qu'est-ce que j'ai fait ? J'ai fait ni une ni deux, j'ai repris mon tablier de garçon de café.

– Cette profession en vaut bien une autre.

– Vous trouvez, vous ?... Moi pas... Mais laissez-moi continuer... Il n'y avait pas huit jours que je servais des bocks et des mazagrans que voilà ma voix qui revient ! Aussi belle qu'auparavant !... Ça vous épate ?

– Rien ne m'épate.

– Quand je vois mon organe revenu, qu'est-ce que je fais ? Je ne fais ni une ni deux, je plaque mon tablier et voilà que je retrouve un engagement.

– Et alors ?

– Le reste, vous pouvez le deviner.

– Dites tout de même.

– Alors, voilà que je reperds ma voix...

– Alors, qu'est-ce que vous faites ?

– Qu'est-ce que je fais ?... Je fais ni une ni deux. Voilà que je me remets bistro... Et à partir de ce moment-là, ça a toujours été la même chose !

– Une voix superbe pour servir des bocks.

– Et *nib* quand il faut que je chante *Guillaume Tell.*

– La situation n'est pas dénuée d'un certain piquant...

– Dont je me passerais bien.

– Savez-vous ce que vous devriez faire ?

– Dites.

– Vous devriez faire ni une ni deux, comme vous dites, et vous faire engager dans un café-concert.

– Et chanter mon répertoire en servant des consommations.

– C'est ça qui ferait un numéro original.

– Votre idée n'est peut-être pas si bête que ça... J'y songerai.

Un nuage assombrit soudain la face pâle du pauvre bougre.

– Hélas ! gémit-il, moi, je n'ai même pas cette ressource ! Je ne suis ni chanteur, ni garçon de café !... Je suis comptable, comptable en disponibilité, par retrait d'emploi.

Entre pauvres gens, on compatit volontiers. Le garçon de café s'efforce à consoler le Pauvre Bougre et surtout à l'encourager.

– Ne vous désolez pas, mon bon monsieur, je suis sûr que vous trouverez une place, une bonne place, juste au moment où vous vous y attendrez le moins.

– J'en accepte l'augure, car ma patience est à bout ! Toutes ces démarches, toutes ces humiliations !...

Profond soupir du garçon :

– Les humiliations !... Ah ! Je connais ça, moi !

Le pauvre bougre rectifia, philosophe :

– Oh ! les humiliations, à vrai dire, c'est encore ce qui me coûte le moins ; car, depuis le temps, je me suis fait un front qui ne sait plus rougir !

Ici, le garçon de café se livre à un des genres de plaisanteries que je réprouve le plus, celui qui consiste à plaisanter autrui sur le démodé, le défraîchi, et autres déchéances de ses hardes.

Également à blâmer les réflexions ironiques portant sur le nom qu'on porte, le ridicule qui s'attache à certains de vos parents, ou encore vos tares ou infériorités physiques, et principalement et par-dessus tout votre nationalité.

Voyageant à l'étranger, que quelqu'un vienne à vous dire : « Vous êtes un cochon ! », il n'arrive souvent, si vous êtes plus raisonnable que lui, qu'à vous faire hausser les épaules ; mais qu'il ait la mauvaise inspiration de préciser : « Vous êtes un cochon de Français ! » Ah ! malheur !

Qu'est-ce qu'il prend pour son rhume, pâle étranger !

Pardon de cette petite digression que j'avais sur le cœur et revenons à nos sympathiques personnages.

Le Pauvre Bougre, si j'ai bonne mémoire, venait de déclarer :

– Je me suis fait un front qui ne sait plus rougir.

Ironique, le garçon remarque :

– C'est votre chapeau qui rougit pour vous.

Loin de se froisser de cette observation, le Pauvre Bougre enlève son couvre-chef, le contemple, le lustre par un restant d'habitude, puis, le remettant sur sa tête :

– Le fait est, confirme-t-il, que mon galurin tourne à l'écarlate.

Le garçon de café, sans le moindre tact, hélas ! crut devoir insister :

– Par contre, votre redingote devient d'un fort joli vert.

Le Pauvre Bougre demeure un instant silencieux, puis il s'exclame :

– Les voilà bien, les mystères de la Nature ! Les voilà bien !... Qui expliquera jamais pourquoi le Temps, étrange teinturier, s'amuse à pousser les vieux chapeaux au rouge, cependant qu'il verdit les antiques redingotes noires !

Il rapproche son chapeau de la manche de sa redingote, en compare les nuances et constate :

– Le vert de ma redingote fait admirablement valoir le rouge de mon chapeau.

– Et réciproquement.

– Ainsi rapprochés, ma redingote paraît plus verte et mon couvre-chef plus rouge.

Le garçon de café, sans sourire peut-être, pourquoi pas ? sérieusement :

– Cela n'est même pas vilain... en clignant un peu les yeux.

– Possible. Mais je préférerais néanmoins un costume moins polychrome.

Un profond soupir.

– Hélas ! quand pourrai-je m'offrir un complet neuf de la « Belle Jardinière » !

– Ça n'est pas de l'ambition de votre part.

– Je n'ai jamais été ambitieux !... Tenez, moi, avec cent sous par jour, j'aurais été le plus heureux des hommes.

– Cent sous par jour, ça n'est pas le Pérou.

– Je m'en serais largement contenté...

Mais où est-il, le bon génie qui m'assurerait cent sous par jour ?

Cette ligne de points figure l'extase subite dans laquelle tombent le Pauvre Bougre et le garçon de café aux accents d'une musique – de cette musique ! si douce, supra-humaine ! – harmonie produite par un de ces petits harmoniums (spécialité de la maison Mutel), et qui sont classés dans le catalogue sous l'étiquette de *Célésia*.

Machinalement, et comme par suggestion d'en haut, le Pauvre Bougre enlève son chapeau et joint les mains.

Le garçon de café l'imite, sauf ce détail que, se trouvant tête nue, il n'a pas à se découvrir.

Dans la salle, un spectateur partage l'émoi des deux personnages.

Guillaume de la Renforcerie, à ce nom : le « Bon Génie », comprend que l'instant est venu où Marie-Blanche Loison va reparaître à ses yeux éblouis.

Il défaille presque.

Marie-Blanche Loison !

N'est-ce pas plutôt qu'il rêve ?

Il n'ose pas croire à la réalité tangible de la minute actuelle. Et, lui aussi joint les mains.

Zimm !

Un coup de cymbales à l'orchestre !

Le coup de cymbales, qui, selon la vieille tradition théâtresque, accompagne les apparitions en scène d'êtres surnaturels.

Et c'est du blond, du blanc, du rose que voici s'épanouir !

Un ange !

Et c'est Marie-Blanche Loison !

Le souci de la vérité, qui doit tout primer, nous contraint à déclarer que le costume porté par Marie-Blanche Loison, en cette mémorable circonstance, rappelait beaucoup plus celui des traditionnelles commères de revue que la tenue d'un bon génie, du moins tel que les esprits bien intentionnés se plaisent à l'imaginer.

Mais qu'importe ? C'est tout de même un ange blond, blanc et rose.

Et de cet ensemble sort une voix.

Une voix blonde, blanche et rose.

Et cette voix (dans un diapason qui aurait gagné à être un rien moins élevé) proclame :

– Un bon génie !... Qui parle de bon génie ? Présent !

Le Pauvre Bougre n'en croit pas ses yeux – mettez-vous à sa place – ni ses oreilles...

– Quoi ! s'écria-t-il... Vous seriez...

– Un bon génie, oui. Qu'y a-t-il d'étonnant à cela ?

– Oh ! rien !... Ou plutôt, si !... L'aventure n'est pas banale... fichtre !

– C'est toi qui m'as appelé, Pauvre Bougre ?

– C'est moi.

– Tu as bien fait, Pauvre Bougre, car je suis de ceux qu'on n'invoque jamais en vain. Qu'y a-t-il pour ton service ?

– Tout à l'heure je disais à monsieur (il désigne le garçon) que, avec cent sous par jour, je serais le plus heureux des hommes.

Le Bon Génie éclata de rire :

– Cent sous par jour ! Ah ! Pauvre Bougre ! On ne peut pas t'accuser d'avoir la folie des richesses !

– Je le disais tout à l'heure à monsieur : je n'ai jamais été ambitieux.

– Alors, cent sous par jour, cela te suffirait ?

– Largement, Bon Génie, largement.

– Eh bien ! sois heureux, Pauvre Bougre ! Tu vas être exaucé !

Il fallait voir, à ce moment, la mimique de M. Mounet-Sully, qui remplissait le rôle du Pauvre Bougre.

Ah ! l'air exalté dont il clama :

– Vrai ? Vous pouvez faire ça pour moi ?

– Mais oui, grand benêt, rien n'est plus simple... Seulement, comme j'ai autre chose à faire qu'à t'apporter chaque matin une... Comment dites-vous, simples mortels ?

– Une quoi ?

Mais le garçon a deviné :

– Une thune ?

– C'est bien cela, une thune !... Comme j'ai autre chose à faire qu'à t'apporter une thune chaque matin, je vais te remettre tout ton compte en bloc.

À ce moment-là aussi, M. Mounet-Sully fut bien beau d'ahurissement :

– En bloc ! Tout mon compte en bloc !...

Et ce geste d'amonceler des tas d'or sur le guéridon !

M. Frédéric Febvre, qui figurait le garçon, eut également sa part de succès lorsque, imitant le geste de l'autre :

– En bloc ! s'écria-t-il. Veinard ! Je vous le disais bien, moi, que ça ne tarderait pas à devenir bon pour vous !

Après un silence, le Pauvre Bougre se décida à balbutier une question qui, visiblement, lui brûle les lèvres :

– Et, dites-moi, Bon Génie, quand allez-vous... me verser... la petite somme ?

– Comme tu es pressé, Pauvre Bougre ! Il me faut le temps de faire ton compte. Attends-moi un instant. Je ne fais qu'aller et venir.

Le Bon Génie sort au son de la même musique céleste.

Alors, le garçon et le Pauvre Bougre devisent sur ce peu banal coup de fortune.

– Ah ! vous pouvez vous vanter d'en avoir une, de veine ! Vous cherchez une place et vous trouvez... quoi ? La richesse !

– Oh ! la richesse... la richesse ! Cent sous par jour !

– Vous avez été bête de ne pas demander davantage.

– Pouvais-je me douter ?...

– Qu'est-ce que vous allez faire de tout cet argent-là ?

– Je vais commencer par m'acheter un chapeau moins rouge et une redingote moins verte. Ça me changera un peu.

– À votre place, moi, j'achèterais un chapeau vert et une redingote rouge : ça vous changerait encore plus.

Le Pauvre Bougre haussa les épaules.

– Je n'en ferai rien, mon ami. Apprenez que le gentleman, je parle du vrai gentleman, doit éviter, avant tout, d'arborer dans son costume des couleurs voyantes.

– Vous allez faire la noce, hein ?

Le Pauvre Bougre hausse de nouvelles épaules.

– La noce ! la grande vie ! Ohé ! ohé ! Entretenir des danseuses ? Tout ça avec cent sous par jour ! Vous êtes fou, mon pauvre garçon !

– Il y a danseuses et danseuses. Ainsi, tenez, j'en connais, moi, au Moulin de la Galette...

Mais le Pauvre Bougre ne prête aucune attention aux grivoiseries de son interlocuteur. Son esprit est loin... Le Pauvre Bougre regrette...

– C'est vrai que j'ai été bête... J'aurais dû demander un louis par jour. Pour ce que ça lui coûte, à ce Bon Génie !

– Ah ! oui, on peut dire ! Vous avez été bête. (Frappé d'une idée subite.) Mais, j'y pense ! Puisque vous allez toucher toute votre galette en bloc (il fait le geste d'amonceler des tas d'or), qu'est-ce qui vous empêche de la placer en viager, au lieu de vivre bêtement sur le capital ?

Le Pauvre Bougre est pauvre, mais honnête : cette proposition révolte sa délicatesse.

– Je ne sais pas si ça serait bien correct. J'ai droit à cent sous, je n'ai pas droit à six francs.

– Ce scrupule vous fait honneur ; mais, à votre place, je ne le partagerais pas. Cet argent que vous allez toucher, il est à vous. Vous avez bien le droit, nom d'un chien ! d'en faire ce que bon vous semble. Ou alors la propriété n'est qu'un vain mot !

L'argument est, en effet, des plus plausibles.

Le Pauvre Bougre hésite.

– J'y songerai, se gratte-t-il la tête d'une main perplexe.

– Ou bien encore, achetez un café-concert où vous pousseriez la romance en servant des cerises à l'eau-de-vie.

– Ah ! la romance ! (Il chante) :

Quand nous en serons au temps des cerises

– Chut !

On entend les accents de la musique céleste.

Machinalement, le Pauvre Bougre se découvre, ainsi qu'il avait fait à la première apparition.

– Voici revenir mon céleste bienfaiteur. *(Inquiet.)* Mais, où a-t-il mis mon argent ? Il n'a pas l'air de ployer sous le faix.

– Parbleu ! Il vous apporte la somme en billets de banque.

– Ou en chèques peut-être.

Plus délicieuse que jamais, Marie-Blanche Loison... Oh ! pardon !... le Bon Génie reparaît.

– Rebonjour, Pauvre Bougre ! Tu ne t'es pas trop ennuyé pendant mon absence ?

– Pas trop... je causais avec monsieur. Je faisais des projets d'avenir.

– Ah !

– Mais oui, Bon Génie, je ne suis pas encore fixé.

Marie-Blanche Loison tenta, mais vainement, d'imprimer à son visage l'expression imperceptiblement ironique qu'ont, à certains moments, les êtres supra-terrestres, même, hélas ! les meilleurs génies.

Marie-Blanche Loison aura peut-être un jour beaucoup de talent, mais j'ai grand-peur que le sens de l'ironie lui fasse à tout jamais défaut.

– Ah ! tu n'es pas encore fixé. Pauvre Bougre ! Eh bien, tu vas l'être à l'instant... Voilà ton compte.

– Mon compte !... Ça ?... Qu'est-ce que c'est que ça ?...

Le Pauvre Bougre avait en effet, de quoi s'effarer grandement, car la somme que le Bon Génie lui mettait dans la main, consistait, bien modestement, en sept francs cinquante centimes.

– Qu'est-ce que c'est que ça ?

– Ça, Pauvre Bougre, c'est ton compte.

Et Mounet-Sully eut, après avoir entendu ces mots, une tête que n'eut pas désavouée, dans ses meilleurs jours, M. Germain.

Pas M. Auguste Germain, notre sympathique confrère et dramaturge à succès.

Pas davantage M. Germain, le financier bien connu.

Ni aucun de ces Germain, dont foisonnent le Tout-Paris et les trois volumes du Bottin.

Non.

Mounet-Sully eut la tête de M. Germain, l'irrésistible comique du *théâtre du Palais-Royal.*

Ce fut donc en applaudissements frénétiques, que tout le public sélect de la coquette bonbonnière des *Folles-Ivresses* éclata !

– Mon compte !... Sept francs cinquante... Mais, pardon, Bon Génie, vous m'aviez dit, il me semble que vous me remettriez tout ça... en bloc. (Il fait le geste d'amonceler un tas d'or.)

– La somme que je te remets là, Pauvre Bougre, représente ton compte exact... en bloc, comme tu dis si bien.

L'infortuné, c'est le cas ou jamais d'employer cette expression, l'infortuné s'obstine à ne pas vouloir comprendre.

– Voyons, voyons, Bon Génie !... Parlons peu, mais parlons bien !... Sept francs cinquante, ça ne peut pas être mon compte, mon compte total... Vous badinez, Bon Génie !... Vous me montez un bateau... Dites-moi que vous me montez un bateau... Dites-le moi, Bon Génie !

– Sache, Pauvre Bougre que les bons Génies ne montent jamais de bateaux.

– Mais alors...

Et là, le simiesque de M. Germain (du *théâtre du Palais-Royal*), fit place à tout le tragique intense et fatal dont si souvent nous donna des preuves, notamment dans le rôle d'Œdipe, M. Mounet-Sully (du théâtre national de la *Comédie Française*.)

– Mais alors, frémit-il, si je sais compter – et je sais compter, puisque je suis comptable de profession, je n'aurais plus qu'un jour à vivre ?

– Hélas ! Pauvre Bougre ! mon pouvoir ne va pas jusqu'à prolonger ton existence. Je le regrette.

– Pas tant que moi !... Encore un jour et demi à vivre !

– Autrement dit : trente-six heures.

– Ça n'est pas gras.

– Tâche de te faire une raison, Pauvre Bougre !

– Trente-six heures !

Mais, soudain, changement à vue dans l'attitude et la physionomie du Pauvre Bougre !

Disparu, tout le tragique intense et fatal de ce raseur d'Œdipe !

Avez-vous jamais vu quelqu'un prendre gaiement son parti d'une aventure éminemment regrettable ?

Chapeau jeté en l'air.

Jambe prestement passée, à la môme Crevette, par-dessus le guéridon.

– Et allez donc, c'est pas mon père !... Une raison !... Vous me dites de me faire une raison !... Ah ! là ! là !... Elle est toute faite, la raison !... J'en ai vu bien d'autres ! Que désormais ma devise soit : « Courte et bonne ! » ... À nous, les danseuses du Moulin-Rouge, du Moulin de la Galette et, plus généralement, de tous les Moulins !

Fort amusés, le Bon Génie et le garçon de café contemplaient cette scène.

– Le pauvre Bougre s'écria :

– Et, pour commencer, garçon, un pernod.

– Avec de l'anisette ?

– Non, pur.

– Boum ! un pernod pur !

À cet endroit la féerie reprenait ses droits.

Accompagnée par le Célesta de la maison Mutel et de sa plus belle voix, le garçon entonne, sur l'air si connu de *Faust*, du regretté Gounod :

Pernod pur, pernod radieux !
Porte son âme au sein des cieux.
Emporte-le sur tes deux ailes,
Vers les absinthes éternelles !

Tous reprenant :

Pernod pur, pernod radieux !
Porte son âme au sein des cieux.

Feu de bengale !

Apothéose.

Rideau.

Bravos.

Rappels.

L'assistance se retire diversement impressionnée.

Un spectateur dit : « C'est une de ces pièces qui font mieux qu'amuser : elles donnent à réfléchir. »

Un autre spectateur, colonel d'artillerie en retraite, murmure : « L'auteur de cette pièce se serait payé notre tête que cela ne m'étonnerait pas autrement. »

Chapitre quatrième

Dans lequel nos amis, le Français Guillaume de la Renforcerie et le Néerlandais Berg-op-Zoom, ne sont pas bien longs à se vouer une confiance mutuelle, sentiment autant à l'honneur de leurs natures loyales qu'à la louange du déjeuner que leur servit, en une petite salle de son entresol, certain marchand de vins du quai, dont je ne saurais trop vous recommander l'établissement, au cas où, fuyant le luxe criard des restaurants à la mode, vous voudriez vous envoyer une matelotte d'anguilles véritablement digne de ce nom et une entrecôte Bercy comme je n'en souhaite pas à mes meilleurs amis, avec, brochant sur le tout, des nectars à s'en pourlécher le tour de la tête.

– Ne tis ton pas de pétisses ! Che suis le Profitensse ! Viens técheûner afeck moi !

Le lecteur veut-il se montrer assez aimable pour se souvenir que, par cette phrase, se clôturait le premier chapitre du présent roman.

Sur celui qui la prononça, cette phrase, nous ne possédons, jusqu'à présent, que peu de renseignements : sa qualité de patient pêcheur à la ligne, entre autres, ses yeux bleu-faïence, son allure gros bon garçon, sa nationalité de Hollandais et, comme tel, une déplorable façon de prononcer les mots de notre belle langue nationale.

Dans l'ignorance de son nom, nous l'avons, suivant les circonstances, sobriqueté tantôt *Tête-de-Mort*, par rapprochement avec les fromages de son humide patrie, tantôt *Crocodile*, à cause de sa forte mâchoire, comparable à celle de l'alligator.

Nous nous contenterons, désormais, de l'appeler *Berg-op-Zoom*, imitant en cela ses compagnons de l'Université d'Utrecht, qui ne le désignèrent jamais autrement pendant le laps de trois ans que ses parents, de braves cultivateurs de tulipes, ainsi que sont tous les Hollandais, crurent consacré à l'étude du droit.

Autre avis important :

En relatant les propos que ne manquera de tenir notre nouvel ami Berg-op-Zoom, au cours de cette narration, nous nous abstiendrons de noter graphiquement les imperfections de syntaxe ou d'accent, émaillant ses dires.

Ce que je vous souhaite à tous, au lieu de ricaner bêtement, c'est de parler aussi bien hollandais que lui, Berg-op-Zoom, se sert de notre langue.

Le déjeuner que Berg-op-Zoom offrait si cordialement à notre pauvre Guillaume de la Renforcerie, se passa dans un petit cabinet sis à l'entresol d'un marchand de vins du quai.

– Si vous voulez bien déjeuner, n'hésitez pas ; allez là chez ce marchand de vins du quai, et vous m'en direz des nouvelles.

Un poème, cette matelotte d'anguille !

L'entrecôte Bercy, littéralement à se mettre à genoux devant.

Pour ce qui est des vins, je ne vois guère que Raoul Ponchon, digne d'en toucher deux mots.

Une adorable cordialité ne cessait de régner entre les convives.

Sitôt après la matelotte, arrosée de chacun d'une bouteille de chablis, et dans la forme contestable de ce fameux vers du vieux poète adjurant Napoléon III :

Le vrai feu d'artifice est d'être magnanime,

Berg-op-Zoom provoquait les confidences :

– Crois-moi, Guillaume, le meilleur baume pour les peines d'amour c'est de les raconter à son ami. Ne suis-je pas ton ami, Guillaume ?

– Le plus récent, j'en suis sûr, le plus fidèle, je l'espère.

Et Guillaume de la Renforcerie, s'épanchant dans le sein de son amphitryon, ne lui cachait rien de son aventure sentimentale : la rencontre fortuite de Marie-Blanche Loison, le coup de foudre suivi de l'immédiate et non moins fortuite séparation, puis, comment il la retrouvait au théâtre des Folles-Ivresses, dans ce rôle du Bon Génie, digne partenaire des fameux protagonistes Mounet-Sully, dont le nom seul nous dispense d'en dire plus long, et Frédéric Febvre, l'ami des rois, empereurs et autres tzars.

C'était ensuite le peu de résistance de Marie-Blanche aux entreprises de Guillaume, la mise en ménage, leur existence en simili-bonheur, agrémentée de nombreux cake-walks devant le buffet.

– Pardon, Guillaume, de t'interrompre. Tu m'as bien dit comme elle est jolie et je la vois d'ici, ta Marie-Blanche..., mais est-elle intelligente ?

Guillaume de la Renforcerie réfléchit longuement, puis non moins longuement évoqua ce souvenir :

Chapitre cinquième

Dans lequel la science va se trouver en conflit avec l'esthétique, mais dans des conditions si peu graves que je me suis longtemps demandé si c'était seulement la peine d'en parler.

- Voici quelques années, ou à peu près, je me promenais un jour par les salles du musée du Louvre, en compagnie d'un jeune fils des faubourgs de Paris, ouvrier électricien dans la maison d'automobiles dont j'étais chargé d'élaborer les prospectus, réclames, notes et autres boniments louangeurs.

De faible culture littéraire et mondaine, et de vocabulaire métaphysique plutôt restreint, mon compagnon, dès que les mots usuels ne parvenaient pas à rendre son idée, empruntait à la terminologie électrotechnique des expressions dont l'emploi produisait parfois les effets les plus saugrenus, mais qui disaient bien ce qu'elles voulaient dire.

Ainsi tous les chasseurs, les marins et autres spécialistes, desquels le langage se colore et se sapidifie à l'usage des termes de leur métier.

Nous arrivâmes devant le célèbre portrait du regretté Léonard de Vinci, qui représente Monna Lisa, plus connue sous le nom de la Joconde !

- Qu'est-ce que vous dites de cette personne ? demandai-je à mon gavroche.

- Pour une *batte gonzesse* me répondit-il, c'est une *batte gonzesse* ; mais ce qu'elle a l'air *pochetée* !

- De quoi vous autorisez-vous à lui trouver cette apparence de sottise ?

- À son sourire, pardi !... Ah ! elle peut se vanter de l'avoir, celle-là, le sourire !

Ô Monna Lisa !

Ô Vinci !

Il s'est rencontré un homme, un jeune homme, un Parisien, pour parler ainsi du sourire de la Joconde !

De ce sourire *énigmatique* comme disent Bædecker, Conti, Joanne, Arsène Alexandre, Thiébault-Sisson, et un autre gros critique d'art dont je ne parviens pas à me rappeler le nom, un gros, chauve, qui a toujours l'air pressé et dont le nom finit en *ès !*

Loin de lui donner conscience d'une telle iconoclastie orale, ma muette indignation ne servait qu'à exciter la verve du vandale.

- Ce sourire-là, vous savez, alla-t-il jusqu'à s'écrier, ça n'indique pas un *ciboulot de bien grand voltage !*

Voulant exprimer, par cette image empruntée à sa profession, que la mentalité de Monna Lisa lui paraissait d'essence inférieure.

Chapitre sixième

Lequel n'est, à la vérité, que la continuation du chapitre quatrième, si malencontreusement interrompu par l'épisode importun, oiseux et dénué de respect pour la grande mémoire de Léonard de Vinci et de sa bonne amie.

– Eh bien, mon cher Berg-op-Zoom, continua Guillaume de la Renforcerie, cette expression de *ciboulot de faible voltage* pourrait bien, si notre éducation ne nous prohibait pas ce genre de parler, s'appliquer au cas de Marie-Blanche Loison... Ce n'est pas que cette jeune personne soit inintelligente, mais elle ne jouit pas, comme dit l'autre, d'un ciboulot de bien grand voltage.

– Compris.

Guillaume de la Renforcerie poursuivit son récit, l'émaillant de mille anecdotes incidentes plus joviales les unes que les autres.

Un jour, par exemple, que Marie-Blanche lui demandait :

– Que vas-tu me donner pour ma fête, mon beau chéri mignon ?

– Pour ta fête, Marie-Blanche, je t'offrirai mieux qu'un banal cadeau. Je changerai l'*i* de ton nom de famille, ce pauvre petit *i* de rien du tout, sans allure et sans caractère, en un *y* magnifiquement héraldique, et tu t'appelleras dorénavant Marie-Blanche Loyson, avec un y, tu entends bien, un y.

– Oui, j'entends bien.

– C'est tout ce que tu trouves à dire pour me remercier ?

– Mais si, mais si, mon beau chéri mignon, je te remercie bien, seulement, j'aurais mieux aimé un boa en plumes.

À force de ne jamais offrir le moindre boa en plumes, Guillaume perdit aux yeux de son amie tout prestige et, voilà quelques jours, il trouvait sur la table de nuit de la chambre un ainsi conçu billet (nous nous sommes permis de rectifier l'ortographe) :

« Comme tu finirais bien par t'en apercevoir, j'aime mieux te l'écrire. Je te lâche pour me mettre avec ton ami Népomucène Le Briquetier. Celui-là ne me couvrira pas plus de diamants que toi, mais au moins il me fera des rôles ! Tout ce que nous te demandons, c'est de ne pas nous en vouloir à tous les deux. Nous, nous ne t'en voulons pas.

« Ton ex,

« Marie-Blanche LOISON. »

« P.-S. - Je te prie de remarquer que je n'emporte pas ton y. Il pourra te resservir pour une autre.

« M. B. L. »

Après cette pénible narration, Guillaume de la Renforcerie eut un long moment de silence, qu'il occupa, le pauvre garçon, moitié à finir la bouteille de cognac et moitié à entamer celle de curaçao blanc.

Berg-op-Zoom l'aida dans cette double opération, puis s'informa :

- Quelle vengeance, Guillaume, comptes-tu tirer de ton rival ?

- Mon rival ? Quel rival ?

- Ce Ponémucène Le Tribequier.

- Népomucène Le Briquetier, tu veux dire.

- Si tu préfères... Quand on s'appelle Guillaume de la Fenrorcerie.

- De la Renforcerie.

- Si tu préfères... Quand on porte le nom que tu portes, on ne laisse point impunie une aussi sanglante injure.

- C'est pourtant ce qui va se passer, Berg-op-Zoom, je laisserai impunie ce que tu appelles une sanglante injure et que moi je qualifie de simple mutation. Marie-Blanche Loison et Népomucène Le Briquetier sont deux êtres libres dans la nature libre, et je ne me sens affublé d'aucun droit sur le moindre de leurs gestes.

- Tu es une belle âme.

- D'ailleurs, mon ami Le Briquetier, tu t'en apercevras vite si le destin veut que tu le rencontres, est parfaitement irresponsable. Son cas est même assez curieux.

- Son cas ?

– Oui, le brave garçon, à la suite d'une chute de cheval, a perdu tout sens moral.

– Sa profession ?

– Récemment encore, la carte clouée sur la porte de sa chambre portait le titre d'*aéronaute*, mais au cours d'une ascension en ballon captif qu'il faisait pour s'entraîner, il éprouva, le pauvre ! un tel vertige, qu'aussitôt rentré chez lui, il remplaça, sur la carte, le mot *aéronaute* par celui de *dramaturge*.

– Il fait des pièces ?

– À peu près comme il monte en ballon, car sache, Berg-op-Zoom, que dans le métier d'auteur dramatique, en France, il n'est pas nécessaire de faire des pièces : les annoncer suffit.

– Chaque peuple a ses usages ; chez nous, en Hollande, il suffit de les traduire.

Quand la bouteille de curaçao blanc fut entièrement tarie, Berg-op-Zoom proposa :

– Et, maintenant, si tu veux, Guillaume, allons boire des bocks... Je meurs de soif.

Guillaume de la Renforcerie n'était point homme à refuser une proposition si engageante.

Ils se dirigèrent vers une brasserie voisine et les passants remarquèrent comme les deux compagnons avaient le teint extraordinairement animé !

– Une idée ! s'écria brusquement Guillaume, après le troisième *demi*.

– Vas-y.

– Qu'est-ce que tu fais ce soir ?

– Qu'est-ce que tu veux que je fasse ?... Pourquoi veux-tu que je fasse quelque chose, plutôt précisément ce soir qu'un autre soir ?... Ce soir, je ne fais rien... Voilà ce que je fais, ce soir.

– Eh bien, je t'invite à dîner... Tu mangeras mal, mais ça te coûtera quinze francs pour nous deux.

– Où donc, que j'y coure ?

– Lis plutôt :

« M. Guillaume de la Renforcerie, membre honoraire de l'Association fraternelle des Anciens élèves chassés des lycées de Paris, est prié d'assister au banquet pseudo-annuel qui se donnera le... 19..., dans les grands salons de l'hôtel de la Cloche-de-Bois.

« Prix : sept francs cinquante. »

« Avis important. – Une tenue, n'importe laquelle, est de rigueur. »

– Je ne suis, expliqua Guillaume, que simple membre honoraire de l'Association, n'ayant été chassé que de plusieurs lycées des départements.

– On ne saurait te tenir rigueur de cette infériorité légère, beaucoup plus imputable à tes parents qu'à toi-même.

– Et toi, Berg-op-Zoom, sous quel titre devrai-je te présenter à ces messieurs ?

– Sous le mien, parbleu : négrier javanais.

C'est ainsi que Guillaume de la Renforcerie apprit qu'il devait l'existence à un négrier javanais.

Chapitre septième

Dans lequel tout lecteur pourvu de son bon sens se stupéfiera de voir des gens d'un certain âge dépenser sept francs cinquante pour passer quelques heures dans un endroit d'où se trouve banni le confortable le plus élémentaire, sans que les plaisirs de l'esprit apportent à cet état de choses le moins appréciable dédommagement.

Le banquet des Anciens élèves chassés des lycées de Paris était magnifique, comme tous les banquets qui se donnent à Paris.

Le potage parfaitement délavé, les hors-d'œuvre heureusement insuffisants, car ils sont incomestibles, le veau insupportable, ainsi que le bœuf, d'ailleurs.

Quant au poulet, il nage généralement dans un insondable liquide, qui rappelle les plus mauvais bouillons de notre histoire universitaire, et, curieux détail, malgré cette noyade, ce volatile demeure sec, tels ces margotins qui servent à nos ménagères pour allumer le feu.

Le vin ? N'en parlons pas, et n'y pensons jamais.

Mais les élites parisiennes aiment ce genre de sport, parce que cela leur rappelle, ô labadens ! les vagues réfectoires de leur enfance.

Souvenir du jeune â-âge,

Sont gravés dans mon cœur-œur.

Quelle franche gaieté !

La vieille, la bonne gaieté gauloise, qui fait que tout le monde se tutoie, afin de pouvoir se dire des choses désagréables sans risques, ni conséquences fâcheuses.

N'y a-t-il pas, pour le fin lettré, une nuance délicieuse entre : « Tu m'embêtes ! » ou « Vous m'embêtez ! », « Tu es idiot ! » ou « Vous êtes un imbécile ! »

Tout est là. C'est la gaieté, ohé ! ohé ! Et puis, on est entre hommes, c'est le compartiment des fumeurs. Ohé ! ohé !

Ce qu'on en dit, ce qu'on en raconte !

Et les gens mariés peuvent impunément rentrer chez eux à trois heures du matin : ce qui, à proprement parler, constitue une joie inénarrable pour des gens que leurs femmes bouclent à onze heures pour le quart.

Le banquet des *Anciens élèves chassés des lycées de Paris* comptait deux ou trois académiciens non bacheliers, des quincailliers, un évêque *in partibus*, un fort lot de bookmakers, un sous-secrétaire d'État (postes et télégraphes), deux contre-amiraux, des directeurs de journaux, des artistes, des photographes comme s'il en pleuvait, des généraux en retraite, des négociants, des plumitifs, et aussi un certain nombre de *chassés des lycées de province*, triés sur le volet, admis là par spéciale faveur.

Après le repas, d'innombrables invités peuplaient les salons, et ces invités donnaient beaucoup de saveur à la réunion, par leur pittoresque.

C'étaient, en général, les créanciers, ou les concierges des affiliés de la Société.

La conversation générale y gagnait un ragoût bizarre, plein de néologismes et de solécismes, que tout le monde mettait sur le compte de l'instruction première négligée, et négligeable pour des réfractaires tels que les *Anciens élèves chassés des lycées de Paris*.

Le repas fut d'autant plus cordial que, renouvelant, pour la circonstance, un usage digestif que la Ligue antialcoolique s'efforce d'abolir, avec quelle raison, bon Dieu, quelle raison ! le président voulut restaurer la tradition du *Trou Normand*.

Le *Trou Normand* est une institution que le Midi de notre France envie au Nord avec une certaine âpreté. Et, pour cordial, c'est un usage d'une cordialité intense, puisque, par définition, un bon « calvados », fût-il simple eau-de-vie de betteraves, est un *cordial*, d'après la locution populaire.

Vox populi, Vox Dei, disaient les aïeux.

Cordial ! cordialité ! On fit un *Trou Normand*.

Le président avait raison.

Mais quel président, aussi ! Loquace, disert, divers.

Il avait été chassé de trois lycées de Paris, de douze lycées en province et de deux seulement dans les colonies.

Vingt-cinq ans à peine, et, déjà président !

Quel président !

Son nom, je pense, a déjà frappé vos oreilles, ou pour mieux dire vos yeux, lecteurs, c'est Népomucène Le Briquetier.

Son propre domicile n'était autre, précisément, qu'un appartement de deux pièces en cette fameuse « Cloche de Bois », berceau de ses profondes études sur la direction des ballons.

L'ancien chassé de tant de lycées, rêvait de se chasser lui-même à travers l'espace, le long d'une tangente extraordinaire, dont il gardait le secret avec obstination.

Oh ! aller vers les astres !

Ad astra !

Il vivait de cette invention secrète, et bien que les commanditaires se fissent rares, Le Briquetier parcourait la vie terrestre d'un pied dédaigneux, comme le ferait un condor qui rêverait de nuages sublimes dans la rue Basse-du-Rempart.

(D'ailleurs, on la démolit cette rue Basse-du-Rempart, et ce n'est pas trop tôt. Elle signifiait quelque *bas rampement*, qui ne convient pas à une époque excelsior d'aéro-club. Attrape ça, vieille rue Basse-du-Rempart, pauvre défunte voie sur laquelle, dépouillant toute rancune, je verse un pleur.)

Mais cette vocation grandiose de la direction des aérostats avait fait à Népomucène une âme élevée - dans les deux à trois mille mètres au-dessus du niveau de la Montagne Sainte-Geneviève.

Seulement, cette âme avait gardé, de ses excursions dans le sublime Éther (où, par parenthèse, elle n'avait jamais fichu les pieds, ayant l'horreur profonde du vide des espaces, avant que fût construite sa nacelle idéale, et, si j'ose dire, icaréenne) de ses excursions platoniques et poétiques - rêveries du soir, espoir ! - l'âme de Népomucène Le Briquetier avait gardé une foi entière en une autre âme, en l'âme de la femme !

L'âme de la femme, ce ballon idéal qui nous élève... Cet aérostat qui fait de l'homme, la bulle légère de savon irisée de tous les tons de l'arc-en-ciel d'amour, s'en allant vers les sphères resplendissantes... et patati... à moins qu'elle ne crève en l'air... et patata.

Sous ses apparences desséchées de vieil aéronaute de vingt-cinq ans, qui n'avait jajajamais navigué dans les nacelles aérostatiques, ce jeune homme cachait un être plein de foi.

Il avait foi dans l'avenir des « Chassés de lycées », de ces êtres dévoyés dès l'enfance, qui ne tablent pas sur de misérables diplômes, obtenus à la sueur du front des maîtres-répétiteurs ; mais qui, austères et graves, se fraient à travers la vie un brave petit sentier à l'américaine, d'abord, puis une large route, large comme le monde ! *Go ahead. En avant !*

Il le prouva dans sa harangue, au moment où le café ombrait les tasses blanches, et géographiait, à larges taches, la nappe déjà maculée de sauces à la Borgia et de piquettes violâtrement chimiques.

Il agita sa sonnette présidentielle (en bois), et dit :

« Messieurs,

« La chasse, pour les oiseaux et les animaux de tout poil, n'est ouverte en France que durant une période de temps assez brève.

« Ainsi, ce cruel exercice n'a lieu que de septembre à janvier. Puis, on la ferme, cette chasse, sauf, cependant, pour les animaux nuisibles.

« Or, messieurs, il faut croire que les élèves des lycées et collèges de Paris et de la province doivent être considérés comme des animaux nuisibles... puisque les proviseurs, les censeurs et leurs séides – j'ai nommé les pions – les chassent en tous temps ».

À ces paroles, les bravos de tous les « Chassés » retentirent.

– Profond ! fit l'évêque *in partibus*.

– Comme c'est juste ! dit un des académiciens.

– Parfait ! s'exclama le général.

Népomucène Le Briquetier poursuivit sa harangue :

« Ainsi, moi qui vous parle, j'ai été chassé de Stanislas au mois de mars. Puis du lycée d'Angers en plein mois de mai ; à Digne, je fus chassé en avril, et à Saint-Denis de la Réunion, je fus chassé durant le mois de juillet, par une sombre nuit de janvier, car dans ces pays austraux et si lointains, juillet équivaut au janvier de ces parages... »

Et, longtemps, le jeune orateur poursuivit ce parallèle cynégétique entre les animaux des bois et les élèves fauves des lycées.

Les applaudissements, derechef, ne lui furent pas épargnés.

Guillaume, lui-même, de la Renforcerie et son ami Berg-op-Zoom poussèrent leur large part de hurrahs frénétiques.

Alors, ayant conquis son auditoire, l'orateur se crut en mesure de faire, en ce milieu essentiellement hoministe de Labadens persécutés et ahuris de ce qu'ils venaient d'ingurgiter, louches nourritures et boissons fadasses, un pompeux éloge de la féminité.

Avec une grâce émolliente de la voix et du geste, il proféra :

« Messieurs, il est une chasse bien supérieure à cette chasse dont je viens de vous entretenir, celle des maîtres odieux de l'Université, c'est la chasse à l'amour... à l'amour vrai, robuste, à l'amour... quoi ? »

À cette évocation de l'amour dans un lieu saturé d'alcool et surchauffé de tabac, vous pensez si les fumées oscillèrent.

On ne sait pas assez, dans les classes sceptiques, combien ce vieux vocable *amour* a de puissance.

Sans cela, les orateurs du Parlement les plus coriaces, s'en serviraient, et les économistes, comme M. Paul Leroy-Beaulieu et d'autres que je m'abstiens de citer, le pourraient faire dans leurs sémillants discours concernant le rendement des impôts dans les petites Républiques centro-sud-américaines.

Au spectacle de son succès, Népomucène Le Briquetier s'emballa.

Et que dit-il ?

Ni ceci, ni cela, qu'aurait pu incriminer un censeur de bonnes mœurs ; il ne parla point des agissements de l'amour, ni des forfaitures qu'il entraîne souvent dans le fonds de son vieux carquois – Ah ! le vieux carquois d'Éros !

Non, non et non.

Très lyrique cet ex-quasi aréonaute, planant au-dessus des drapeaux tricolores qui pavoisent l'espace, s'éleva dans la haute région de la philosophie patriotique.

Il proclamait :

« Messieurs, de tous les pays du monde où existent des femmes - et il y en a beaucoup, il y en a des tas - la France possède le privilège de compter le plus de femmes fidèles... je ne dis pas dans le mariage, mais dans l'amour. »

Berg-op-Zoom, à cette assertion, poussa un rugissement si redoutable, que son voisin Guillaume le pria incontinent de se considérer comme un simple invité, et de ne pas détruire la bonne harmonie qui n'avait cessé de régner dans l'assemblée banquetante des *Anciens élèves chassés des lycées de Paris*.

Berg-op-Zoom réprima son cri de jaguar javanais, mais ses yeux, comme jaunis brusquement par les fièvres de l'océan indien, lancèrent des éclairs.

Si la transmission de l'éclair du regard sans fil avait été découverte à ce moment, Le Briquetier n'en aurait pas mené large, ni long.

Heureusement, Népomucène put continuer son dithyrambe passionné en faveur de notre gracieuse compatriote, l'amoureuse française.

« Quand l'amour la possède, affirmait-il, et la tient bien, elle est d'une inébranlable fidélité... Elle peut avoir des amours successives, certes, mais elle est fidèle à l'amour du moment. »

Et, poussé comme un aérostat par le vent de l'improvisation, Népomucène Le Briquetier complaisamment s'ébattait dans cette nue philosophico-pathologico-érotico-sentimentale.

Puis, il prit son verre, ou, pour parler plus exactement, le verre qui se trouvait sur sa table, à la portée de sa main, et le leva :

– Je dois boire, dit-il, à la femme française, la seule qui... celle qui... cet être divin auquel...

Alors, il s'aperçut que son verre était empli non de vin, de café ou d'alcool, mais d'un peu d'eau de Vichy.

– Pouah ! pouah ! fit-il avec une grimace des plus comiques.

Cette conclusion inattendue bouleversa d'un rire folâtre et potachiforme la cohue des « Chassés de lycée. »

Mais une voix s'éleva, rogommeuse et hollandaise, qui déclarait :

- Pouah ! pouah ! Vous avez raison. Pouah !

Quel scandale !

Avez-vous vu, à l'issue d'une course frauduleuse, rentrer le jockey coupable, sous les huées de la foule ?

Ainsi en fut-il pour l'exclamation discourtoise de Berg-op-Zoom.

Debout et sans discontinuer, toute l'assistance hurla, tandis que Le Briquetier, brisant son verre, demandait : « Qui avait osé parler de la sorte, sang-Dieu ! »

Mal retenu par Guillaume, hors de lui, le farouche Hollandais poussait des rugissements :

- Moi ! Moi !

Un grand désordre survint à la suite de ces paroles qui rappellent, à s'y méprendre, ce passage de l'*Énéide*, où Nisus, à moins que ce ne soit Euryale, s'écrie : *Me, me adsum qui feci !*

Tous les professeurs des « Chassés de lycées » ont, maintes fois, fait remarquer ce qu'avait de supérieur cet accusatif *me, me,* à la place de *ego.* Il y a là-dessus de très belles pages chez les scoliastes.

(Quelques personnes vouées à l'étude de l'onomatopée, croient plus volontiers que *mé-mé* est simplement le balbutiement ingénu du simple chevreau qui se sent pris loin de sa tendre mère.)

Quoi qu'il en soit, le « moi-moi ! » du Hollandais suscita un tumulte irrationnel comme le sont tous les tumultes, dont les sténographes les plus experts ne tirent, même à *Officiel,* rien, sinon ce résumé : *Mouvements divers. Vive agitation sur plusieurs bancs.*

Irrationnel, mais d'une extrême violence.

Quand un calme approximatif se fut rétabli, Népomucène Le Briquetier se tourna vers le Hollandais :

– J'ai un pleur, s'attrista-t-il, au coin de la paupière, et je le verse sur votre inconscience, monsieur ; mais d'ici trois minutes, je serai à vos côtés et je vous parlerai comme il convient.

Le Hollandais avait récupéré son calme,

On put ouïr une chanson exquise dite, comme à Montmartre même, par un vieux monsieur, sur le cours d'anglais du lycée où il avait appris à fumer la pipe : *Oh ! yes ; le pip : Oh ! yes ! yes ! sir !*

Un autre indiqua qu'il avait appris à boire du schnick au cours d'allemand « *Oh ! ya ! ya ! pon schnick ! ya ! ya !*

Un troisième raconta que le cours d'italien lui avait surtout enseigné le sommeil appelé : sieste : *Si ! si ! signor !*

Il en fut de même pour le cours d'espagnol, etc... etc...

Après quoi, un à un, ou plusieurs ensemble, les assistants se retirèrent enchantés de leur soirée.

Chapitre huitième

Plus écœurant encore que le précédent, et dans lequel des êtres ravalés par la boisson au véritable rang de la brute organisent un match qui serait odieux s'il n'était pas aussi parfaitement immonde.

Restaient dans la salle, Le Briquetier et trois amis intimes, plus Berg-op-Zoom et Guillaume de la Renforcerie.

Un médecin de plus et l'on se serait cru à l'entrée en matière de quelque duel.

Âmes sensibles, ne craignez rien, le duel devait se tourner en un pari, comme il convient à un peuple libre et muni de finances.

Ces messieurs auraient pu jouer au whist, à la manille, au baccara, au bridge, au poker.

Il n'en fut rien.

Le pari s'imposait, et dans quelles conditions, mes petits amis ! J'en tremble encore.

Le pari, redoutable invention, qui date au bas mot de la guerre de Troie, a été renouvelé, agrandi, étendu, perfectionné par le génie anglo-saxon que les autres planètes, y compris Mars, envient à la terre. Car jusqu'à plus ample informé, c'est sur notre Terre seulement que fleurit le génie anglo-saxon.

Or, comme tous les cosmopolites, Berg-op-Zoom était fortement imbu de l'esprit anglo-saxon.

Et voilà comment il formula son audacieuse et peu galante gageure.

– Contrairement à ce que vous affirmez, monsieur Le Briquetier, je prétends, moi, que toute femme française est infidèle, et, pour le démontrer, il suffit à un honnête étranger, muni de bagues, de huit jours à peine, avant de parvenir à ce que j'appellerai ses fins.

Il est inutile de faire observer au lecteur sagace que Berg-op-Zoom ne produisit pas cette phrase telle que vous la voyez imprimée. Il l'émailla de locutions hétéroclites et d'accent néerlandais, dont, par égard pour la typographie, on peut vous faire grâce.

Mais sa formule, si spécialement imprévue, était contenue dans ce début :

– Toute femme française est infidèle...

Proposition véritablement hasardée, à laquelle sa prétention de n'exiger que 8 jours pour en produire la démonstration ajoutait le sel de l'insolence et le poivre de l'ironie.

Népomucène Le Briquetier vida son verre, ou tout au moins un verre plein qui se trouvait sur la table à la portée de sa main.

Ce n'était heureusement que de la bière.

Il tira de sa pipe trois longues bouffées, et, sur un ton solennel, s'adressa dans ces termes à l'arrogant étranger :

– Ô marécageux fils de la Hollande ! Sachez que ce n'est pas huit jours de délai que je vous accorde, mais quinze... là, vrai, quinze jours, pour faire choir dans l'abîme de la trahison la fidélité abrupte de celle que j'aime et qui m'aime.

– À combien se monte le pari ? demanda simplement le riche Hollandais.

Le Briquetier, très grave, déclara :

– Pas plus de vingt-cinq louis, n'est-ce pas, mais pas moins !

Il fixait vingt-cinq louis comme il aurait dit cinquante centimes ou trois milliards. Que lui importait ?

Un des témoins de cette discussion, comme par hasard, un ancien croupier, déclara :

– Allons, faites vos jeux, messieurs.

Mais nul n'écouta cet appel fallacieux, qui aurait pu annoncer quelque joyeux baccara à la place du fatal pari – de ce pari que notre impartialité bien connue nous permet d'ores et déjà de qualifier de libidineux.

Ne s'agissait-il pas de la vertu d'une femme ?

Et cela en quinze jours, petit laps ?

Et pour vingt-cinq louis, petite somme ?

– Ah ! tout dégénère ! proclama, réveillé pour un instant, Guillaume de la Renforcerie. Oui, faites vos jeux, pâles et exsangues subordonnés de la corruption moderne.

Si la Ligue pour la défense de la vertu menacée..., mais elle n'était pas là, cette Ligue pour la défense de la vertu menacée ; elle visitait les mansardes, sans nul doute.

Enfin !... ne récriminons pas ; cela ne servirait à rien.

Écrions-nous, simplement : « Pauvre France ! » et ajoutons à cette exclamation usuelle, un appendice : « Fatale Hollande ! »

Les conditions du pari furent vivement élucidées par des hommes habitués à ces sortes de transaction. Et là où plusieurs comptables, et même des conseillers à la Cour des comptes, eussent rencontré au détour d'un procès-verbal les plus inéluctables difficultés, nos vieux « chassés de lycées » montrèrent une aptitude digne du regretté Talleyrand-Périgord lui-même.

Ainsi il fut entendu que Berg-op-Zoom ne serait nullement présenté à la jeune personne dont il s'agissait ; « car, fit justement observer un des témoins impavides de cette joute immorale, il n'est pas juste de créer en présentant officiellement la jeune amie de Népomucène à son adversaire, de créer par là une infériorité pour celui-ci, au cas où il respecterait la femme d'un ami, ou une trop grande supériorité dans le cas également possible où cet insolent étranger n'aurait aucun préjugé à ravir la femme d'autrui fût-il intime avec cet autrui. »

Seulement, il devait pouvoir la rencontrer sur le terrain, c'est-à-dire qu'elle ne se trouvât pas enclose dans une forteresse, au donjon de Vincennes, par exemple, tandis que Berg-op-Zoom s'évertuerait à la chercher dans les régions usinières de Saint-Denis, à côté des vieux tombeaux des rois de France.

Or, comme elle fréquentait avec assiduité l'entresol de la *Cloche de Bois*, où gîtait précisément M. Népomucène Le Briquetier, ancien aéronaute honoraire et, pour le quart d'heure, pseudo-dramaturge, il fut entendu que M. Berg-op-Zoom aurait le droit de louer la chambre n° 17, qui, précisément, – comme ça tombait ! – se trouvait vacante.

Il aurait ainsi le loisir de croiser dans l'escalier qui appartient à quiconque et à chacun, en tout bien, tout honneur : escalier, terrain neutre.

À ce moment, un des témoins, qui n'avait plus, à cette heure avancée, que de vagues notions de la sobriété antique et vénérée, se trompait sur le genre de duel auquel il donnait ses soins, précisa, d'une voix pâteuse :

– L'emploi de la main gauche interdit, bien entendu.

On rit, comme des petits fous, et toujours, suivant son idée fixe, le pochard ajouta :

– Et le corps à corps aussi, comme de juste !

On rerit.

La fin de l'épreuve fut fixée au quinzième jour, cinq heures et demie du soir, heure de Paris.

Quand tout fut bien signé et parafé, Le Briquetier, grave, salua l'assistance et dit :

– Nous entrons, messieurs, dans la période de la lutte, je ne veux perdre aucun de mes avantages, mais je tiens à vous déclarer que ma confiance dans l'issue de ce duel de mœurs entre la France et l'étranger aura une issue conforme à notre génie national.

– Tu parles ! ricana le Hollandais.

Cependant, au fond de son âme, cet olivâtre personnage sentit monter une crainte sourde.

Peut-être, pour être si sûr de son fait, Le Briquetier avait-il fait élection d'un de ces laiderons, devant lesquels les négriers les plus ardents pâlissent et renoncent.

Il avait complètement oublié sa conversation du matin avec Guillaume de la Renforcerie et ne se souvenait plus que l'amie de Le Briquetier n'était autre que l'ex-celle de Guillaume.

Il fit part à voix basse de cette inquiétude, bien naturelle, à son voisin qui, bien qu'évidemment très fatigué, n'hésita pas à élever la voix au nom de l'hôte.

Et il parla en ces termes disjoints, en phrases peu faites pour figurer comme exemple de style dans une anthologie de prosateurs français qui se respecterait tant soit peu.

– Hé ! Népo, fit-il, vieux lascar... faudrait voir à ce que le rebut des laissés pour compte dans le salon des refusés de la rue Coustou... Tu ne voudrais pas faire à ce noble étranger... la lourde crasse de lui présenter un de ces tableaux... qui... enfin que...

Il s'arrêta, épuisé par cet effort.

– C'est trop juste, clamèrent les assistants.

Alors, Népomucène Le Briquetier se dressa et fut écrasant de hautain mépris.

– Cher ami, dit-il, tu n'es que la suprême gourde parmi les anciens chassés des lycées de Paris. Sache que celle qui est ici en jeu, et en jeu d'honneur, au nom de la féminité française, c'est cette belle comédienne qui fit naguère fureur au théâtre des Folles-Ivresses en attendant sa prochaine entrée chez Claretie... et qu'elle se nomme Marie-Blanche Loison.

À ce nom prononcé très haut, Guillaume se réveilla, sursauta de sa chaise et tomba comme une masse sur le parquet.

On se pencha vers lui : il donnait tous les signes de la plus parfaite insensibilité. Il était raide.

Les expertes gens qui l'entouraient diagnostiquèrent son état : ivre-mort.

On s'occupa de mettre dans un fiacre cette épave des boissons, tandis que, reprenant son rôle de *Profitence*, Berg-op-Zoom se chargeait de reconduire à son domicile la malheureuse victime d'Éros, le dieu de l'Amour, qui saoule les hommes et les dieux, comme l'a dit un poète grec, bien mieux qu'un sale verre de vin ; mais, ainsi que le fit remarquer je ne sais quel auteur contemporain, l'un n'empêche pas l'autre...

Berg-op-Zoom souriait méphistophéliquement.

Avant de partir, il annonça au garçon de la *Cloche de Bois* qu'il viendrait, dès le lendemain matin, avec une valise pleine d'objets divers, et un crâne où s'agitaient déjà de sombres et riants à la fois projets.

Chapitre neuvième

Dans lequel l'auteur examine, d'ailleurs, assez superficiellement l'état d'âme des héros – ironie des mots ! – de ce roman, hélas ! trop véridique et se passant de nos jours. (Seuls les noms propres ont été changés, à cause d'honorables familles qui seraient peu flattées de voir leur patronymie vautrée au sein de tant de turpitudes.)

Quand, le lendemain matin, les personnages qui avaient assisté à la scène nocturne dont il vient d'être longuement question, se réveillèrent la tête lourde et les pensers confus, il faisait grand jour, d'autant plus grand jour que le bleu matin faisait pâlir les étoiles à l'instant où ils s'étaient décidés à se séparer.

Les passants doués d'une observativité superficielle purent croire que c'était tout simplement des messieurs qui venaient de se lever.

Quelques heures de sommeil avaient rendu à Berg-op-Zoom sa pleine confiance. Cette Marie-Blanche Loison lui apparaissait comme une proie aussi facile que – il l'espérait, du moins – délicieuse.

Elle avait trompé déjà Guillaume pour Le Briquetier, elle tromperait Le Briquetier pour Berg-op-Zoom. Est-ce que la chose pouvait faire le moindre doute ?

Les jeunes Hollandais des classes aisées sont tous élevés dans cette conviction qu'à Paris, il suffit de se livrer à des démarches courtoises, mais insignifiantes, pour obtenir des dames leurs dernières faveurs.

Confiance touchante, mais bien souvent incouronnée de succès.

Népomucène Le Briquetier, d'autre part, se sentait également rassuré sur l'issue de ce match.

Si bien tranquille, qu'il jugeait superflu de mettre Marie-Blanche au courant.

Et puis serait-ce bien correct ?

Cette clause n'avait pas été stipulée, il est vrai, mais un vrai gentleman ne connaît que les lois de l'honneur, surtout, ainsi que cela lui semblait en être le cas, quand les lois de l'honneur ne viennent pas se mettre en travers de certains intérêts matériels.

En outre, Le Briquetier n'avait qu'à se contempler dans la glace qui décorait son armoire de pitchpin, pour être plus sûr encore de son affaire, en comparant son visage jeune et brillant, à la peau jaunâtre et tannée de son adversaire.

De plus, il avait l'avantage du « terrain déjà acquis ». Je ne sais pas si je me fais bien comprendre.

Et il le connaissait, le terrain de manœuvres.

Dans les coins, oserai-je ajouter.

Donc, il concluait à une victoire aisée et apercevait, au bout de la quinzaine d'épreuves, une somme de vingt-cinq louis honorablement gagnée en un pari, et le pari étant essentiellement œuvre de galant homme, il sentait que cette somme lui servirait, sans remords, à redorer un crédit, hélas ! bien fraîchissant.

Non pas qu'il songeât à régler le moindre arriéré, mais pour un garçon intelligent et débrouillard, loti de vingt-cinq louis réels, c'est un simple jeu d'enfants que de recontracter 2 ou 3000 francs de dettes nouvelles.

Si nous nous occupions un peu de notre vieux camarade Guillaume de la Renforcerie.

Dans un réveil amer et céphalalgique, de sombres pensées agitèrent son âme tendre.

Tour à tour, il songeait quelle vengeance ce serait si Marie-Blanche Loison faisait perdre son pari à Le Briquetier.

D'autre part, combien son patriotisme montmartrois en souffrirait.

Ah ! que Marie-Blanche Loison pût l'avoir abandonné brusquement, pour l'ancien guide-rope de Népomucène ! C'était dur, certes, mais admissible, excusable, logique même.

Cette pauvre oie s'était si facilement persuadée que son nouvel ami allait lui faire remplacer Mlle Brandès à la Comédie-Française !

Et puis, ça ne serait pas de la famille... de la grande famille française.

Cependant, si Le Briquetier triomphait, il ne pouvait se défendre d'en concevoir une amertume, dam ! assez compréhensible : mettez-vous à sa place.

Il se perdait en divagations psychologiques, et sa tête lui semblait plus lourde qu'un tombereau plein.

Cette sensation, qui n'était pas seulement intra-cranienne, mais avait gagné le cuir lui-même, lui causait un tel mal aux cheveux, qu'avant de poursuivre des raisonnements jusqu'à la limite où l'infini commence, il s'avisa que l'eau de seltz mélangée à un vin blanc-curaçao s'imposait.

Le curaçao, il tint à l'ajouter au vin blanc pour faire honneur à son sauveteur d'hier, le sympathique Berg-op-Zoom.

Le Hollandais, voyant son jeune ami honorer de la sorte la boisson de son pays, n'hésita pas à lui rendre courtoisement la réciprocité en se taillant une royale absinthe en pleine purée vert-bouteille.

C'était là sa façon de montrer qu'il n'est pas difficile de s'assimiler les mœurs françaises, et c'était aussi sa façon d'entamer la lutte contre Le Briquetier.

– Je prendrai, semblait dire son masque impassible, je prendrai l'absinthe d'abord, la femme ensuite.

C'était la veillée des armes. On flamba les épées. Berg-op-Zoom se flambait le corps.

Mais quand il se dirigea vers le lieu de combat, l'hôtel de la Cloche-de-Bois, Guillaume se sentit faiblir et l'accompagna seulement jusqu'au coin de la rue.

Il vit le corsaire audacieux passer la porte du champ-clos, poussa un gros soupir, et s'en alla le long des avenues, chercher des rimes adéquates à son état psychologique.

Il n'en trouva pas d'ailleurs.

Quant aux autres témoins de la scène initiale de ce drame, plaignons-les d'avoir ainsi réduit une pauvre jeune femme à l'état d'enjeu, comme l'auraient pu faire des hommes du moyen âge, époque de ténèbres, mais indigne tournoi que n'auraient pas dû accepter les galants chevaliers modernes contemporains de ces Apaches délicieux et dignes de l'Iliade qui se pourfendent la physionomie pour leurs belles au Casque d'Or.

Cette page marquera d'une tache de boue l'histoire de l'Association amicale des Anciens Élèves chassés des Lycées de Paris.

Chapitre dixième

Dans lequel le lecteur, assoiffé de belles relations, ne sera pas long à éprouver un vif dépit en constatant que ce fameux duc de Richelieu, qu'on lui annonce à grande pompe, n'est qu'un vulgaire roturier remplissant les plus basses fonctions, si j'ose employer cette audacieuse métaphore, de l'échelle sociale.

Et la lutte sournoise commença dans les ténèbres de la Cloche-de-Bois, sous l'œil pacifique du duc de Richelieu spécialement chargé de cirer les bottes et d'errer ainsi sur les marches de l'escalier et le long des tapis rongés qui ornent le palier.

Ce duc de Richelieu était l'œil de l'hôtel, et le véritable témoin du duel qui s'y engageait entre la robuste vertu française et l'entreprenant vice hollandais.

Mais il en avait tant et tant vu, dans sa vie claustrale de garçon d'hôtel, que la plus prodigieuse inconscience s'était peu à peu substituée en lui à cette morale dont les éducateurs de l'enfance s'efforcent d'infuser les principes délicats dans l'âme des écoliers primaires.

Pardon si j'interromps brusquement ce récit.

Plusieurs lecteurs, dont un notable lot de lectrices, semblent s'étonner qu'un personnage répondant aux nom et titre de duc de Richelieu ait pu se résigner à accomplir les modestes fonctions de garçon dans l'humble hôtel de la Cloche-de-Bois. Cela se saurait, semble-t-on dire.

Une courte explication s'impose, en effet.

Notre garçon de l'hôtel de la Cloche-de-Bois ne porte pas, à vrai dire, le nom par lequel je viens de le désigner, de même qu'il n'a aucun droit au glorieux titre de duc.

Ressemblant en cela à ses ascendants de la branche mâle, il s'appelle Dubois.

De ce simple *Dubois*, trop simple, au gré de certains locataires facétieux et inoccupés, on eut vite fait *cardinal Dubois*.

– *Cardinal Dubois*, vous me réveillerez de bonne heure, demain matin... à dix heures et demie.

D'autres locataires, également facétieux, mais plus occupés, jugèrent que *cardinal Dubois*, c'était bien long et bien encombrant, pour un escalier aussi étroit. Ils se contentèrent donc d'appeler notre homme *cardinal* tout court.

– Cardinal ! mon café au lait, vite !

Ne se tenant pas pour battu, le clan des locataires facétieux et inoccupés compléta ce sec *cardinal* du nom d'un prélat bien connu, M. de Richelieu.

– *Cardinal de Richelieu !* c'est comme ça que vous me cirez mes bottines !

Népomucène Le Briquetier, jeune homme que tout scrupule semble avoir abandonné, ressentit, néanmoins, en venant s'installer à l'hôtel de la Cloche-de-Bois, une honte profonde à ce qu'un titre ecclésiastique aussi respectable que celui du cardinal servît de risée à tous ces jeunes fous.

– Richelieu, soit ! dit-il, mais pas cardinal, duc ! Jetez sur la noblesse tous les tombereaux possibles de ridicule, d'accord, mais respectons le clergé, mille N... de D... !

Et toute la clientèle de la Cloche-de-Bois se rangea vite à la proposition du nouveau venu.

Chapitre onzième

Dans lequel Berg-op-Zoom, dans un but facile à pénétrer, transforme l'hôtel de la Cloche-de-Bois en une sorte de Niagara, dont l'eau serait remplacée par une chute ininterrompue d'or.

Les ennemis des femmes prétendent qu'elles sont non pas immorales, mais plutôt amorales.

Elles ignoreraient, d'après ces sales contempteurs de la plus belle moitié du genre humain, oui mesdames, vous ignoreriez ce que c'est que la moralité, pour être en proie tout bêtement à vos sentiments, à vos sensations, de même, je rougis de prononcer ce mot, à vos instincts.

L'instinct, après tout, appartient bien aux jolis oiseaux plumages de couleurs vives, naturelles, et doués de chansons qu'ils n'ont nullement apprises au piano selon la méthode Carpentier, pourquoi les femmes si gentiment ornées de couleurs seyantes, et dont la voix est un perpétuel enchantement pour les pâles oreilles des craintifs amoureux, pourquoi les femmes ne se contenteraient-elles pas d'avoir simplement l'instinct, qui vient, en somme, de la nature et du ciel, plutôt que de se payer dans de gros livres une philosophie absurde qui change la vie en une drogue affreusement amère ?

Mais elle, Marie-Blanche, la jolie Marie-Blanche Loison, avait peut-être poussé un peu plus que loin le droit qu'une femme a de ne pas posséder un intellect dans le genre de celui d'un normalien de la section sciences et philosophie.

Il est bien fâcheux que le terme cité plus haut, *ciboulot de faible voltage*, soit à la fois vulgaire et un peu spécialement technique, nous n'hésiterons pas à l'employer de nouveau pour qualifier la mentalité coutumière de notre gracieuse amie.

Aussi ne comprit-elle absolument rien aux coups d'œil profonds que lui lança le Javano-Hollandais, soit dans l'escalier, quand il la rencontrait à la descente ou à la montée, soit dans le bureau de l'hôtel.

Les petits saluts engageants de cet ancien négrier (?) de l'océan Indien lui faisaient l'effet de la politesse banale qu'un homme d'ailleurs fort laid adresse volontiers aux femmes quand l'occasion se présente d'être respectueux avec elles.

C'était comme s'il lui avait cédé le pas pour entrer dans une salle de musée, un bureau d'omnibus, etc.

Politesses courantes... Du moins, autrefois, il en était ainsi, avant qu'une jeunesse arriviste ne se prévalût de sa force de gymnasiarque pour bouleverser l'archaïque galanterie française.

Pauvres de nous !

Est-ce qu'on ose offrir sa main à une femme pour descendre de wagon ? Jamais.

Il n'y a plus que les étrangers, pour risquer les belles et antiques manières, et quelques vieux indigènes de la Vendée en déplacement de villégiature à Paris, ou encore quelques gentlemen de l'Anjou, au moment du Concours hippique.

Sale, sale vingtième siècle !

Mais ne récriminons pas ! Cela ne servirait à rien.

Et puis, de leur côté, certaines ardentes féministes (ardentes, bien entendu, aux farouches revendications) ne prétendent-elles pas que ces politesses envers la faiblesse féminine, la prétendue faiblesse féminine, sont désuètes, et toujours entachées de hideuse concupiscence, ce qui est très mal, affirment-elles, très mal.

Mais le rude négrier avait à son arc d'autres cordes que sa politesse exagérée, il connaissait quel rôle providentiel jouent dans ce genre de sport l'argent monnayé et les banknotes.

Il n'hésita pas un jour (le quatrième sur les quinze) à donner négligemment un billet de 50 francs au duc de Richelieu, qui était allé lui chercher un paquet de tabac de quatre-vingts centimes.

Et, grand, généreux, il dit à cet humble qui lui rapportait ses 49 fr. 20 centimes :

– Gardez, duc de Richelieu, gardez la monnaie.

Cela se passait, vous l'avez deviné, tandis que la jolie Marie-Blanche Loison échangeait quelques propos avec la patronne de l'hôtel, et rien de ce manège séducteur ne put échapper à cette myopie particulière des femmes et même de certains hommes, qui cesse, en admettant qu'elle existât préalablement, dès que l'or, sous n'importe quelle forme, leur apparaît à distance raisonnable.

L'or, en effet, a dit le sage, n'est qu'une parcelle de soleil tombée sur la terre noire.

Et que cet or prenne la figure bleue d'un billet de banque, la face pâle d'une thune d'argent, ou le mirifique flamboiement des louis jaunes, l'or possède la puissance du soleil pour pénétrer jusqu'à la rétine la plus rebelle et l'irradier favorablement.

La voilà bien, la chrysothérapie ophtalmique, la voilà bien !

Le Javano-Hollandais s'aperçut vite de cet effet, et, sans perdre un temps précieux à en tirer des conclusions oculistiques, négligea tout autre moyen, désormais, pour se faire valoir.

L'argent ruissela dans les mains du duc de Richelieu, lequel, en retour, n'eut d'autre devoir que de répéter aux échos :

– Ce qu'il en a, de la galette, le type du 17, ce qu'il en a !

Et ces propos montant, descendant l'escalier, suivant les couloirs, s'arrêtant sur les paliers, à tous les étages, à travers le cirement des brodequins et le vernissage au pinceau des bottines, ne tombaient pas dans l'oreille d'une sourde, quand Marie-Blanche en trouvait l'écho dans un tintinnabulement de pièces d'or, qui cascadait dans cet hôtel de troisième ordre, depuis qu'un soi-disant rajah Javano-Hollandais y avait élu domicile.

Népomucène Le Briquetier finit bien, lui-même, par l'entendre, ce bruit de métal !

Et Népomucène Le Briquetier ne put se défendre d'une vague frisson.

Allait-il perdre son pari ?

Vertu française, ne serais-tu qu'un mot ?

Perplexité ! Vague à l'âme ! Poésie amère d'un aérostat que le vent pousse en dehors de sa route, et qui risque de s'effondrer dans l'océan du désespoir, au lieu d'atterrir sur la terre ferme de la difficulté vaincue !

Perplexité !

Chapitre douzième

Dans lequel, inquiété par les propos narquois d'un certain Ferdinand Roussetière, perdant de sa belle assurance, et au mépris de ce levain d'honneur qui doit se rencontrer dans toute conscience humaine, même chez les êtres les plus dégradés par l'oisiveté, le jeu, le vice et l'abus des boissons fermentées ou spiritueuses, le sieur Népomucène Le Briquetier se décide, poussé par l'appât du luxe, à commettre une indélicatesse, pour la répression de laquelle les tribunaux se déclareraient incompétents, mais que nous, sans hésiter, flagellons et stigmatisons des épithètes les plus sévères qui se puissent rencontrer dans les vocabulaires spéciaux.

Or, il advint que le huitième jour du pari un de nos meilleurs tapeurs parisiens, un certain Ferdinand Roussetière, se présenta à son vieil ami Le Briquetier avec la figure agréable d'un qui sait que ce n'est pas avec des visages de vinaigre qu'on attrape les mouches ni même la pièce de cent sous.

Dès qu'il aperçut son vieil ami Roussetière, Le Briquetier jeta ses bras vers le plafond en geste de désespérance, et les laissa retomber sur ses poches.

Cette mimique signifiait : « Pas le rond. »

Si vous ouvrez le Dictionnaire Larousse à la lettre R, et que vous trouviez l'expression : « Rond (pas le), vous lirez : *pop.* (ce qui signifie *populaire*), « pas le rond », pas d'argent.

Il aurait pu ajouter, ce bon Larousse : « pas d'argent, pas de Suisse. »

Ferdinand Roussetière ne se laissa point, comme on dit, épater par ce geste, simple :

– Je reviendrai ! annonça-t-il.

Là-dessus, il exécuta une fausse sortie ; mais, revenant vers Le Briquetier :

– Voyons, insinua-t-il, n'as-tu pas gagné un pari de vingt-cinq louis ? Ça se répand, tu sais, dans tous les cabarets aérostatiques, de la porte Maillot à Montmartre... Qu'est-ce que c'est que cette histoire-là ?

– Ah ! fait Le Briquetier rêveur.

– Oui, on ne parle que de ça... Les uns assurent que tu as gagné, les autres soutiennent le contraire.

– Eh bien ! je vais t'éclairer...

– Ah ! chouette !

Et, dans un geste qui est visiblement familier, Ferdinand Roussetière avance la main.

– Non, reprend Le Briquetier, je vais éclairer ta religion.

Et il lui conte, non sans emphase, l'aventure à laquelle nous avons récemment fait assister le lecteur.

Il y a huit jours (déjà, mais pas encore quinze), j'étais allé au banquet des Anciens élèves chassés des Lycées de Paris, dont je suis l'estimé président. Je fus présenté à un riche Hollandais, un nommé Berg-op-Zoom (ce n'est pas son nom, mais nous l'appelons ainsi).

Ce Hollandais, après boire, se livra au sujet de la fidélité des femmes françaises, à des propos d'un cynisme sans égal et d'une insolence peu commune.

Que cet étranger au poil rude pût tenir de tels propos, il n'y avait rien là de bien surprenant.

Mais qu'il s'exprimât ainsi devant de jeunes Français, dont chacun avait au moins une, sinon deux maîtresses à défendre, voilà qui, en vérité, dépassait toutes les limites...

Je me levai d'un bond, d'un seul...

– Ah ! c'est bien, cela ! fit Roussetière, le visage souriant et admiratif.

– On avait bu, t'ai-je dit, poursuivit Le Briquetier, bu force vins et liqueurs et je sentais mon visage enflammé d'alcool et de colère... Je regardai le Hollandais fixement dans le jaune des yeux... et, au milieu d'un silence, d'un silence de mort... je lui dis d'un ton enjoué, badin, sûr de mon fait :

« Vous en avez de bonnes, cher monsieur ! Mais on n'avance pas de pareilles choses sans les soutenir d'un enjeu... Faisons un pari, voulez-vous ? Vous prétendez que toutes les femmes trompent leurs amants, et que vous vous chargez de souffler une femme à n'importe quel citoyen français, en quarante-huit heures. Moi, monsieur, ce n'est pas quarante-huit heures que je vous donne, pour triompher de Marie-Blanche Loison, ma jeune et jolie maîtresse, ce n'est pas cinq jours, pas dix jours, mais quinze jours. Venez vous installer dans mon hôtel, vous y trouverez des chambres très convenables depuis trois francs. Soit dit en passant, ajoutai-je, car je sais que vous ne regardez pas à la dépense... Eh ! bien, vous entendez ? Je vous parie vingt-cinq louis que vous n'arriverez pas à vos fins. Et, ce disant, je portai la main à ma poche... où je ne trouvai qu'un mouchoir et un porte-crayon protège-pointe... Mais, entraîné par la beauté du geste, je les déposai fièrement sur la table.

Roussetière s'émerveilla à ce récit.

– C'est égal, dit-il, il faut tout de même avoir du culot pour jouer ainsi vingt-cinq louis sur la vertu d'une femme !

Le Briquetier répliqua, tranchant :

– Tu plaisantes ? Tu connais Marie-Blanche ?

Et Roussetière, simplement :

– Si je la connais !... Je l'ai connue avant toi. Elle m'a trompé avec Guillaume de La Renforcerie d'abord...

– Tu blagues ! cria Le Briquetier, stupéfié.

– Puis avec toi, poursuivit, imperturbable et sec, le vieil ami Roussetière.

Népomucène essayait de s'en tirer :

– Oui, mais c'est au bout de six mois, un an, est-ce qu'on sait ? Or, nous sommes ensemble, Marie-Blanche et moi, depuis quelques jours, et, de mémoire d'homme, Marie-Blanche n'a jamais trompé personne au bout de si peu de temps. D'ailleurs, je me connais en femmes, et je vois bien qu'elle ne m'a jamais été plus aveuglément attachée.

– Aveuglément, cela te plaît à dire ! fit, ironique, le bon Ferdinand, qui perdait tout espoir de tapage.

– C'est une femme de tout repos. Parée de toutes les grâces du corps, on dirait que la nature prévoyante ne lui a refusé les dons de l'esprit que pour qu'elle fût plus absolument belle.

Roussetière insista sur ce côté de la question avec la malice rosse de l'emprunteur déçu (sale nature, décidément, ce Roussetière Ferdinand !)

– Oui, contait-il, sournois, elle a ce qu'on appelle, en terme de métier, une jolie *pochetée*. On ne l'a jamais vue refuser un bateau ; elle les accepte tous avec une douceur inépuisable. Te rappelles-tu – non ? oui ? non ? – quand on lui a fait croire, à la gare du Nord, que, dans les trains de luxe, les bouillottes étaient chauffées avec du punch au kirsch ?...

– C'est vrai, réfléchit tout haut Le Briquetier, soudain pâle comme un linge, qu'elle en a une pochetée ?

– Une de ces pochetées desquelles on peut tout attendre, mon pauvre Le Briquetier, même les pires catastrophes.

– Ah ! toi, tu commences à m'embêter, au revoir !

Seul, il commençait à monologuer...

– S'il allait perdre son pari...

Mais comme aussitôt, plus radieuse que jamais, Marie-Blanche Loison entrait, Le Briquetier, bannissant tout scrupule, prit la résolution peu élégante et anti-sportive de la mettre au courant de son pari extravagant.

Il prit quelques détours, qu'il crut adroits, afin de ne pas heurter les délicatesses de cette exquise jeune femme.

D'autre part, son langage, en exprimant ces choses, manquait peut-être de clarté ; car il sentait bien comme cela était incorrect de mettre dans la confidence une personne qui se trouve l'objet d'un pari dans ces conditions.

Seulement, il se rappela qu'on n'avait pas parlé d'une telle clause ; dès lors, sa conscience demeura tranquille.

Ajoutons que, même autrement, il eût éprouvé la même quiétude.

Voici exactement, pour le meilleur profit des historiographes futurs, la phrase lapidaire dont s'était servi Népomucène Le Briquetier pour informer Marie-Blanche Loison de cette affaire considérable :

– Écoute bien, Marie Blanche Loison, ma douce maîtresse, j'ai parié vingt-cinq louis que tu ne me tromperais pas, dans les quinze jours, avec ce Hollandais... Il y en a dix aujourd'hui.

– Dix quoi, mon chéri ?

– Dix jours... Surtout, chérie, indépendamment de l'affection que tu me portes... songe, songe à ces vingt-cinq louis.

– Vingt-cinq louis ! C'est une somme, mon chéri ! Faudra-t-il te faire gagner ces vingt-cinq louis ?

Le Briquetier répondit :

– Je t'écoute !

Marie-Blanche demeura longuement songeuse comme une personne qui cherche à résoudre un problème que lui aurait posé M. Poincaré (le mathématicien).

À ses sourcils froncés, on saisissait qu'une immense contention d'esprit la torturait.

Enfin, elle exhala ces mots :

– Compris ! compris ! mon chéri ! Tu les auras, tes vingt-cinq louis.

Et, ce soir-là, ils ne dissertèrent pas plus avant, comme a dit à peu près Dante Alighieri en parlant d'amoureux célèbres par leur beauté et leur malheureux sort dans l'Enfer, cet Enfer si connu sous le nom de l'Enfer du Dante.

Chapitre treizième

Dans lequel il ne se passe rien d'extraordinairement sensationnel, pas plus au point de vue de la marche des événements qu'au sujet de l'état d'âme des personnages, mais que l'auteur a cru néanmoins devoir publier, en vertu de cette considération qu'étant rémunéré à tant la ligne, ce serait un acte de pure folie de sa part, après avoir écrit plusieurs pages, même vides d'intérêt, de les utiliser à allumer son feu, son modeste feu de coke.

Les jours passèrent silencieux et calmes, à la Cloche-de-Bois.

Berg-op-Zoom éparpillait son argent. Le duc de Richelieu, gorgé d'or hollandais, offrait aux cochers d'innombrables petits verres chez les marchands de vins des environs et s'achetait des cravates en soie vert-pomme, nuance pour laquelle il avait toujours nourri le goût le plus vif.

Telle, Jeanne d'Arc entendant des voix, Marie-Blanche Loison prenait des airs concentrés.

Le Briquetier n'avait plus jamais reparlé du pari ; confiant, il s'apprêtait simplement à encaisser la belle somme de vingt-cinq louis, due à la vertu française, enfin récompensée.

Enfin, la date suprême, le quinzième jour est arrivé.

Népomucène, seul dans sa chambre, assis en face d'un journal d'aérostation, dont, avec la plus grande attention, il ne lit pas une ligne, – oh ! avec quelle attention extrêmement tendue parfois, on ne lit pas ce qu'on a l'air de lire ! Gens perplexes, vous le savez !

Soudain, la pendule sonne huit coups, qu'il compte sur ses doigts.

– Deux heures et demie, dit-il sans manifester d'autre étonnement.

Si Népomucène Le Briquetier ne manifeste aucun étonnement, j'admets sans conteste qu'il puisse en aller autrement du côté de nos lecteurs.

L'explication s'impose d'un fait en apparence anormal, mais, on le reconnaîtra, tout à l'honneur de ce jeune homme.

La pendule de Népomucène Le Briquetier avançait de cinq heures et demie.

C'est, remarque-t-on... beaucoup trop !

Souvenir, touchant souvenir de l'ancien locataire de la chambre, jeune étudiant hindou que torturait le mal du pays, et qui voulait que sa pendule marquât l'heure du méridien de Chandernagor...

Cette exquise pensée avait, à Le Briquetier, paru empreinte d'une telle poésie, qu'il défendait au duc de Richelieu de donner, en la réglant sur Paris, à cette pendule une autre heure que celle du nostalgique enfant de l'Indus.

– C'est très agréable, dit-il un jour à son ami Guillaume de la Renforcerie, et ça me réapprend à compter sur mes doigts, tout comme si j'étais poète, tel toi, et que je dusse aligner des vers alexandrins.

Il se leva, comme le font les héros de drame, quand ils doivent monologuer.

– Ainsi, aujourd'hui, à quatre heures précises (soit neuf heures et demie à ma pendule indo-européenne), ma situation pécuniaire va changer du tout au tout. Mon passif ne diminue jamais... Mais mon actif va s'augmenter de vingt-cinq louis qui ne devront rien à personne... Ça revient au même... Avec ce que je détiens, je posséderai cinq cent vingt-huit francs et quelques décimes... Je me sens de très bonne humeur... C'est curieux comme l'argent aide à supporter la pauvreté... Ces vingt-cinq louis me tombent absolument du ciel, aérostatiquement ! Je ne suis pas de ceux qui s'ima-ginent qu'ils n'ont qu'à ouvrir la bouche pour que les alouettes y tombent toutes rôties... Non, mais, tout de même, j'ouvre la bouche de temps en temps... Le ciel peut, d'ailleurs, m'aider un peu, car je m'aide autant que je puis... Qu'il vente, qu'il pleuve, qu'il grêle, je joue dix heures par jour à la manille (il y avait tant de morte-saison dans l'aérostation, à cause des vents contraires !)... C'est ainsi, par le jeu, que j'assure médiocrement ma subsistance, ainsi que celle de ma bonne amie... Ah ! ah !... Charmante histoire que celle de ces vingt-cinq louis ! Tiens, Guillaume !... Bonjour, cher ami !

Guillaume de la Renforcerie venait, en effet, d'entrer, le visage rougi par les veilles en des endroits enfumés.

– Bonjour… fait-il.

Et son œil fureteur cherche Marie-Blanche Loison.

Mais Marie-Blanche Loison est absente.

Gorgé de confiance dans l'issue du pari, riche en expectative, Népomucène Le Briquetier se met déjà en garde contre un possible tapage.

– Guillaume, dit-il, écoute, écoute-moi bien. Tu ne viens pas ici dans l'intention de m'emprunter de l'argent ? Tu n'es pas tenaillé par un besoin pressant.

– Pas précisément à cette minute. Pourquoi ?

Lors Le Briquetier, goguenard :

– Il est donc parfaitement établi que tu n'as pas perdu, cette nuit, une somme importante ; et tu ne songes pas du tout à te brûler la cervelle ?

– Où veux-tu en venir ? clame Guillaume.

– Je puis donc te parler librement. Sache, mon vieux La Renforcerie, que je l'ai gagné ce pari, ce fameux pari de vingt-cinq louis. Là, tout à l'heure, tu vas la voir s'abouler, la belle galette.

– Ton argent, cher ami, fait Guillaume très digne, garde-le. Gagné de la sorte, il me fait horreur ! Non, je viens en simple témoin, avec un cœur ulcéré, constater ton triomphe… ou ta défaite.

– Ma défaite, tu as dit ma défaite ! Sache que s'il y a quelqu'un qui touche, des chances sérieuses veulent que ce soit moi. Je suis tellement sûr, vois-tu, de mon fait, que je n'ai pas prévu l'éventualité de la perte, et que j'ai même négligé de passer au Crédit Lyonnais pour voir s'il y a encore quelque chose à mon compte.

– Ainsi, dit Guillaume d'une voix creuse, tu es sûr de Marie-Blanche ? Elle a trompé pourtant Roussetière avec moi, et moi avec toi…

– Oui, mais elle y a mis le temps, et puis Roussetière et toi, êtes-vous Français, oui ou non ? Tandis que Berg-op-Zoom, c'est un étranger !… D'ailleurs, j'aime mieux te l'avouer, je l'ai mise au courant de la situation.

– Es-tu certain qu'elle ait bien compris ?... insinua Guillaume d'une façon perfidement sournoise, en amant jaloux et pas consolé.

– Tu cherches à m'inquiéter !...

– Et, où est-elle, en ce moment ?...

– Au musée du Louvre, m'a-t-elle dit. C'est un lieu calme, surtout dans les salles où il n'y a personne... et elles sont nombreuses, tu sais... Néanmoins, malgré son calme, je trépide. Cette pendule marche avec une lenteur désespérante.

– Il est huit heures et demie.

– Ça fait trois heures au méridien de Paris.

– C'est juste. Si, pour nous distraire, nous descendions à l'estaminet de l'hôtel, faire une manille à deux ?

– Parfaitement ! Il faut bercer sur l'aile du hasard les inquiétudes de l'attente.

– Les inquiétudes !... Ah ! ah !... Reconnais que tu trembles.

– Je tremble sans trembler... Sait-on jamais ?

– *Chi lo sa ?*

– *Quien Sabe ?*

– Et le Berg-op-Zoom ?

– Richelieu vient de me dire qu'il est dans sa chambre.

– Descendons... Je veux voir en bas le résultat des courses. La première de Saint-Ouen doit être affichée.

– Tu as joué ?

– Non, mais il y a un cheval que j'aurais voulu jouer. Ça m'embêterait, s'il avait gagné !

– Étrange façon de s'intéresser aux courses.

– La seule, dans tous les cas, insuffisante à se faire effondrer le moindre patrimoine.

Ils descendirent et s'attablèrent dans le petit estaminet attenant à l'hôtel de la Cloche-de-Bois.

La manille à deux est un jeu assez difficile. Le développement de sa théorie nous entraînerait à dix pages, au bas mot, d'explications. Nous préférons renvoyer le lecteur à l'excellent traité écrit, sur ce sujet, en collaboration, par les deux spécialistes bien connus, MM. Anatole et Paul Leroy-Beaulieu.

Pendant que nos amis mettent l'atout, tantôt à carreau, tantôt à pique, demandent :

– Quarante.

– Quarante-et-un.

– Quarante-deux.

– À toi, mais tu ne les feras pas.

– Pourquoi cela ?

– Avec le jeu que j'ai, tu ne peux pas faire quarante-deux... Il est vrai que le proverbe : « Heureux en amour... ».

– Ironiste !

Pendant, dis-je, que nos amis se livrent aux douceurs de la manille à deux, que se déroule-t-il ailleurs ?

Oui, que se déroule-t-il ailleurs ?

Ailleurs, il se déroule du joli !

Prenez donc plutôt la peine, mesdames et messieurs, de vouloir bien passer au chapitre suivant, et vous serez édifiés !

Chapitre quatorzième

Dans lequel – et, d'avance, le rouge en monte au front de l'auteur – une charmante jeune femme qui, sans détenir dans le domaine de l'art dramatique une situation comparable à celle de Sarah Bernhardt ou de Réjane, n'en est pas moins une petite comédienne, sur laquelle, au cas où elle se mettrait à sérieusement travailler sous la direction d'un professeur habile et consciencieux, on pourrait fonder certaines espérances dans les rôles qui n'exigent point de l'interprète une vive intelligence, s'en voit réduite à prodiguer, et cela par suite d'un simple malentendu, ses suprêmes caresses à un Hollandais pour lequel la pauvre enfant éprouverait plutôt de l'aversion.

Un jour, notre excellent et regretté confrère Charles Chincholle, rendant compte, dans le *Figaro*, de je ne sais quel scandale oscarwildien, interrompit brusquement son article par cette phrase, dont le souvenir, après tant d'années, m'est aussi fidèle qu'au jour où je la lus pour la première fois :

« ... Mais je suis forcé de m'arrêter, car ma plume se cabre dans ma main au récit de telles turpitudes. Je prie les lecteurs de vouloir bien m'excuser. »

Eh bien, tel que vous me voyez aujourd'hui, je suis dans l'exactement même situation qu'à l'époque, notre vieux Chincholle.

Je n'avais pas plutôt tracé sur le papier blanc l'intitulé de ce chapitre que je sentis dans les doigts d'abord, puis dans la main jusqu'au poignet, ensuite dans l'avant-bras, et enfin se prolongeant jusqu'au deltoïde, comme de petites secousses suivies d'un engourdissement des plus pénibles.

Mais moi, au travail, je suis un type dans le genre de Sénèque, qui disait, à tout bout de champ : « Ô douleur ! tu n'es qu'un mot ! »

J'appelai donc à moi toute mon énergie, afin de poursuivre ma tâche.

Vains efforts !

En examinant de plus près ce curieux manège, quelle ne fut pas ma stupeur de constater que, littéralement, non pas ma plume, ainsi que l'observa trop superficiellement Chincholle, mais mon porte-plume, se cabrait dans ma main.

Se cabrait, il n'y a pas d'autre expression.

Et je compris !

Mais, voyez-vous d'ici mon embarras et ma vexation.

Moi qui comptais si bien vous décocher une de ces pages croustillantes qui suffisent à faire monter la vente d'un volume de trente ou quarante mille exemplaires !

C'était bien ma veine !

Alors, que faire ?

Qu'auriez-vous, vous qui souriez, fait à ma place ?

– J'entends une voix dans l'assistance :

– J'aurais changé de porte-plume !

Telle est bien la manœuvre que je m'empressai d'exécuter.

Peine perdue.

Mon deuxième porte-plume, lequel je choisis en liège, ne fut pas long à me prouver que sa légèreté matérielle n'avait en rien déteint sur son moral.

De même en alla-t-il avec un porte-plume en fer.

Une idée : si j'essayais du crayon !

Ah ! ben ouiche !

Plutôt que d'écrire les caractères que je lui imposais, la mine se brisa net, avec un petit bruit sec qui en disait plus long que les plus longs discours de l'honorable sénateur Bérenger.

Les touches d'un robuste dactylographe, à grands frais amené de la ville voisine, me mirent au bout des doigts de telles brûlures, que j'en porte encore les marques.

Découragé, démoralisé, anéanti, je remis au lendemain la suite de mon travail, et voici comment, mesdames et messieurs, j'éprouve le vif regret de n'avoir pas pu développer la matière correspondant à l'intitulé du présent chapitre.

Je prie, comme disait Chincholle dans les mêmes circonstances, les lecteurs de vouloir bien m'excuser.

Chapitre quinzième

Dans lequel, si le lecteur veut bien tendre l'oreille, il percevra le résigné gazouillis solitaire de cette petite oiselette rose et blanche qu'est notre jeune et candide amie Marie-Blanche, la bien nommée, pâle victime du milieu cynique et débauché dans lequel les hasards de la vie, aidés par les mauvais traitements de ses parents, – la mère, une pas grand-chose, le père, ancien préfet de l'ordre moral, tombé dans la plus crapuleuse fange, – l'ont amenée, provisoirement, osons l'espérer, pauvre petite !

Marie-Blanche Loison semble fort étonnée de ne pas trouver, l'attendant en leur petit appartement, son ami Népomucène Le Briquetier.

– Où peut-il bien être, mon pauvre chéri ? se dit-elle avec plus de ferveur que jamais.

Et, pendant qu'elle rend à sa blonde chevelure une ordonnance correcte :

– Trois heures passées, monologue-t-elle.

Encore une heure... et le pari était perdu...

Faut-il que je l'aime assez, mon Népo, pour avoir fait cela ?

Quand il m'a parlé de ça, il y a quelques jours, je n'ai vu qu'une chose, c'est qu'il fallait... connaître... hélas ! connaître ce Hollandais, pour faire gagner vingt-cinq louis à mon beau chéri, à mon Népo !

J'étais bien décidée, mais j'ai retardé jusqu'au dernier moment.

Je suis donc allée le trouver, ce Hollandais affreux que je déteste...

Je l'avais rencontré tant de fois dans l'escalier ! Ce qu'il m'en faisait, des agaceries de toutes sortes.

L'imbécile ! Je ne lui avais jamais répondu.

Et comme il faisait sonner sa galette !

Ah ? oui ! le duc de Richelieu ne parlait que de ça ! Mais, je n'avais pas bronché. C'est que j'aime mon petit Népo, mon petit Bribrique !

Et pourtant ?

Quand j'ai ouvert sa porte, à ce Hollandais, quand je suis allée à lui, et que je lui ai dit avec résignation : « Je suis à vous !... » jamais je n'ai vu un type aussi épaté, si troublé...

Si troublé, qu'à un moment j'étais inquiète ! Aurait-il le temps de se remettre avant quatre heures ? me demandais-je.

Enfin, il a repris son aplomb... et... et me voici ! Ç'a été un moment un peu ennuyeux. Mais comme mon Népo va être content ! Dame, écoutez donc, vingt-cinq louis, ça fait cinq cents francs, après tout !

Chapitre seizième

Dans lequel l'action commence à se corser, cela n'est pas trop tôt, – pour la plus grande confusion du sieur Népomucène Le Briquetier, qui voit s'abattre sur lui la double catastrophe, sentimentale d'une part, et ce qui le touche au plus vif, pécuniaire, sans parler de l'amour-propre, si tant est qu'on puisse accoupler ces deux mots quand il est question d'un aussi répugnant personnage.

Dans le corridor, un pas résonne, un pas fier, un pas d'ancien aéronaute.

– Le voici ! dit Marie-Blanche Loison, languissante amoureuse, douce Iphigénie.

Népomucène Le Briquetier se précipita, inquiet, fiévreux.

– Me voici ! belle chérie ! Eh bien ?

– Mon chéri !...

– Quoi ?... Qu'as-tu à me dire ?

– Népo, dit Marie-Blanche avec gravité, Népo, tu as gagné...

Le Briquetier regarde l'heure.

– Pas encore, belle chérie, badine-t-il, pas encore ! Il n'est que la demie. Mon pari ne sera gagné que dans une demi-heure. À quatre heures juste !

Mais l'inconsciente enfant (ô infantes de Velasquez avec de délicieuses collerettes de dentelles, pourquoi pensé-je à vous, en ce moment ?) l'inconsciente enfant proclame de sa menue bouche de bébé en sucre :

– Crois-tu que j'allais attendre à la dernière minute ! Népo, tu as gagné ! Népo, tu as gagné !... Je te dis que tu as gagné !

– Gagné ? fait Népomucène, dont les yeux commencent à papilloter d'inquiétude. J'ai gagné, dis-tu ?

– Eh, oui, mais je t'assure que j'ai passé là un moment bien pénible.

– Un moment, dis-tu, bien pénible ?

Il y a, Népomucène Le Briquetier le sent, de la catastrophe dans l'air.

– Mais bast ! n'y songeons plus, s'ébroue Marie-Blanche, tu les as gagnés tes 500 francs, tu les as gagnés, c'est le principal !

– Tu crois, fait Le Briquetier, dont une pâleur affreuse envahit le visage.

– Faut-il que je t'aime ! !... clame-t-elle. imitant à s'y méprendre, et sans s'en douter, la voix de Mlle Marguerite Moréno (de la Comédie-Française).

Abruti, sidéré, médusé, anesthésié, Népomucène Le Briquetier regarde longuement, avec une inquiétude solennelle, Marie-Blanche Loison.

Puis, de sa gorge subitement oppressée, il put tirer quelques sons possibles, vaguement humains.

– Explique-toi... oh ! oh ! explique-toi... Il y a dans tes paroles un peu de confusion.

Et, simple comme la toute petite agnelette blanche et rose que la brebis vient de mettre au monde sous le ciel bleu :

– C'est, balbutie-t-elle, pourtant bien simple, mon petit Népo. Je détestais ce Hollandais, et il m'en coûtait, je t'assure, beaucoup de te tromper... Mais, puisque ça te rapportait vingt-cinq louis, j'ai pris bravement mon parti...

– Achève.

– Il n'y avait plus qu'une heure et demie. Je suis allée trouver ce monsieur, et je lui ai dit, en fermant les yeux : « Je suis à vous !... »

– Et... ?

– D'abord il a paru très épaté !... Jamais je n'ai vu un type aussi épaté !

– Il y avait de quoi... Et ensuite ?...

– Ensuite, il m'a prise... au mot. Voilà !

Népomucène Le Briquetier hoche machinalement la tête, comme un homme pris de vertige.

Puis il regarde Marie-Blanche avec un air d'inénarrable effroi.

Il tombe, atterré, sur un fauteuil, le front dans ses mains.

Il garde un silence bien compréhensible en l'occurrence, et

recommandé aux personnes de forte complexion, « rapport à l'apoplexie », comme dit le peuple.

Enfin, il relève la tête, une belle tête de foudroyé.

Calme, terriblement calme, comme dit Georges Ohnet, baignant dans une vague torpeur de tout son être, il psalmodie :

– Les plus grandes profondeurs de l'Océan Atlantique sont de sept mille deux cents mètres environ...

Elles ont été constatées dans le golfe du Mexique.

Le Pacifique a donné lieu à des sondages plus intéressants encore : huit mille six cents mètres dans la fosse dite de Tuscarora... (On a donné ce nom à cette partie du Pacifique parce que le navire anglais, chargé des sondages, s'appelait *Tuscarora.*)

Légère interruption, pendant laquelle Népomucène Le Briquetier contemple son amie comme s'il la rencontrait pour la première fois, puis :

– Eh bien ! éclate-t-il, les sondeurs du *Tuscarora,* ô Marie-Blanche Loison, ces sondeurs, qui doivent être d'habiles sondeurs, pourtant, peuvent tous – tous, tous ! – être mis en la présence de la frêle âme que voici... Ils pourront jusqu'au bout déployer leurs plus grandes sondes, leurs plus interminables sondes...

Il se lève, en proie à quelque frénésie psychoscientifique, et, véhément :

– Ils se pencheront sur le bastingage, ces sondeurs du *Tuscarora,* pour aller plus profondément.

On leur permettra de s'accrocher par les pieds, tu entends, par les pieds, au bord du navire, et de tenir la corde au bout de leurs doigts.

Ah ! ah ! Croyez-vous qu'ils atteignent le fond de cette âme mignonne, de cette démesurée candeur ?

Pendant tout ce discours, le joli visage de Marie-Blanche a passé par toutes les nuances de l'arc-en-ciel, même par l'ultra-violet.

Avec un infernal sourire de triomphe, Le Briquetier poursuit :

– Ils y coupent ! ils y coupent ! ! ! les sondeurs ! ! ! les sondeurs du *Tuscarora.*

Puis, avec un emportement presque lyrique, brutal cette fois et tonitruant :

– Vous y coupez, messieurs du *Tuscarora* !

Là-dessus, il trépigne, exulte, se livre à mille manifestations de la plus inquiétante frénésie, pousse des cris épouvantables devant Marie-Blanche muette de terreur.

Mais voilà qu'il se calme un peu, et qu'à cette instinctive enfant de la Nature, à cette pauvrette dénuée du sens des longues diplomaties qu'illustrèrent Talleyrand, il adresse un doux regard.

– Il n'y a pas, dans la langue française, reprend-il, ni dans aucune autre langue européenne, de mots suffisants pour caractériser ton cas. Sais-tu à quoi j'en suis réduit ? J'en suis réduit aux rudes onomatopées, comme nos ancêtres des cavernes.

Puis, violemment, farouchement, hors de toutes bornes :

– Tu es, dit-il, la dernière des ha-ha-ha ! une hou-hou-hou de bas étage... Et, pour me résumer, une hi-hi-hi !...

L'index posé sur la tempe, Népomucène Le Briquetier réfléchit un instant, et, se répondant à lui-même :

– Oui, une hi-hi-hi !... C'est le mot.

Marie-Blanche ne comprend rien, sinon que Népo, son cher Népo, est en proie à quelque violence dont elle ne perçoit pas la cause.

– Peut-être, se dit-elle avec un effroi légitime, est-il devenu subitement fou ?

Pauvre petite âme enfantine !

– Mon ami... si j'avais su que tu serais si furieux !... hi ! hi !... J'ai cru bien faire.

Elle dit « hi ! hi ! » comme un écho, sans savoir la valeur ethnologique de ces mots, qui, pour Le Briquetier, rappellent l'âge sombre des cavernes.

Ah ! l'âge sombre des cavernes, dont nous possédons tous, plus ou moins, une goutte de sang dans nos veines !

L'exaltation de Népomucène semble entrer dans la voie de l'accalmie.

Il prend une voix douce, et, caressant les joues de l'innocente infante :

– Non... dit-il... Non !... ne dis rien davantage... ne parle plus, Blanche, je t'en supplie.

Puis, il s'éloigna d'elle, et montrant son front, à lui, son front d'homme moderne, tout plein encore de ses récentes spéculations aéronautiques et grouillant déjà de projets dramaturgiques, il gémit d'une voix attardée dans la plainte, comme celle d'un pâle convalescent :

– Ceci... oui, ceci, est un crâne humain, où il y a de la cervelle humaine. Ça n'a pas une résistance sans limite, un crâne humain.

Il pousse un vaste soupir.

Puis il attire l'adorable Marie-Blanche tout contre lui, et, d'une voix familière, presque enjouée – oh ! pitié ! – soupire :

– Alors, tu ne sais pas ce que c'est qu'un pari ?

– Mais si, mon chéri.

– On ne s'en douterait guère.

– Pourtant, tu m'as dit...

Et Népomucène, grave :

– Je t'ai dit que si tu n'allais pas voir le Hollandais maudit, je gagnais vingt-cinq louis. Si tu allais le voir, je perdais les vingt-cinq louis. Je perds donc vingt-cinq louis, puisque...

– Non !... tu blagues !...

Mais, Le Briquetier, toujours indulgent et grave :

– Tout à l'heure, au lieu que ce soit moi, ou, si tu préfères, au lieu que « ça soye moi » qui touche cinq cents francs, ce sera moi, moi, Népomucène Le Briquetier, qui serai obligé de les lui verser.

Marie-Blanche n'en revient pas :

– Tu seras obligé... suffoqua-t-elle.

– C'est ce qu'on appelle une dette d'honneur. Sais-tu ce que c'est qu'une dette d'honneur ? Le sais-tu ?

Marie-Blanche, bien femme, s'effondre tumultueusement :

– Mon chéri ! tout ce que j'en sais, c'est que je suis horriblement malheureuse ! va ! oh, oui, bien malheureuse !

Au lieu de l'attendrir, cette explosion de douleur ne fait qu'exciter l'ironie furieuse de Népomucène.

– Tu as bien tort, fait-il avec des yeux torves, mais calmes relativement. Regarde si je me fais de la bile !... Tonnerre de tonnerre !...

Puis, regardant la pendule, il clame avec l'accent bien connu du jaguar altéré :

– Tonnerre ? de tonnerre ! il est neuf heures à Chandernagor ! Dans une demi-heure, il... il, lui, il va s'amener ici, et me dira d'une voix calme : « Vous avez perdu ! »

Cela, par exemple, non !

Jamais Marie-Blanche ne consentira à l'admettre.

Ce serait trop fort.

– Qu'est-ce que tu dis là ? Il va venir ici ?... ce Hollandais, et te raconter... que tu as perdu ?...

– C'est dans la convention.

De plus en plus butée, et récalcitrante, Marie-Blanche hoche sa tête charmante :

– Et il dira ça, dis-tu ?... Il dirait ça ?... Il viendrait te dire à toi que j'ai... Non, il ne le dira pas !

Et elle ajoute avec un grand geste qu'eut envié Mlle Adeline Dudlay :

– Il ne fera pas cela... car il y a des gentilshommes en Hollande !

– Il le fera, te dis-je, puisque c'est un pari...

L'heure sonne des grandes résolutions.

Marie-Blanche sait ce qui lui reste à faire.

– Non, il ne faut pas qu'il le dise !... Ah ! j'ai fait une gaffe. Eh bien, je me dois... je te dois de la réparer. Je vais aller le trouver, ce Hollandais de malheur ! C'est un gentilhomme. Je ne sais pas ce que veut dire Berg-op-Zoom, mais sûrement c'est un nom noble !

Cette assurance si flatteuse pour la vieille aristocratie hollandaise, ne semble point partagée par Népomucène Le Briquetier.

Mais, en cette heure critique, saurait-on rien démêler au fumeux état d'âme de notre ami ?

Marie-Blanche Loison a posé sur sa tête d'enfant blonde son chapeau bleu pâle qu'elle fixe à l'aide d'une longue épingle et elle enfonça cette longue épingle avec l'ardeur qu'une autre apporte à poignarder sa rivale.

Et par l'azur de ses grands yeux candides s'alluma la sombre étincelle des volontés que rien ne saurait abattre ni même fléchir.

- Toi, Népo, ajoute-t-elle, comme de juste, tu feras le monsieur qui ne sait rien, et comme cela, c'est toi qui auras gagné le pari.

Ce n'était pas, en effet, ô candeur, plus difficile que cela !

- Marie-Blanche Loison, tu n'accompliras pas cet acte ! Tu ne feras pas cet acte anti-sportif !

- Non, mais des fois ! Je vais mettre des gants, peut-être, et me gêner. Penses-tu ?

En disant ces mots, Marie-Blanche Loison précisément enfile une paire de gants, manifestation nouvelle de l'éternel conflit entre le symbole et la réalité.

- Marie-Blanche Loison, je t'ai écoutée patiemment. J'ai voulu voir si tu irais jusqu'au bout. À force d'énergie et d'empire sur moi-même, j'ai réussi à faire taire en moi ce vieux fonds d'incoercible honneur qu'y ont déposé par hérédité plusieurs siècles de sévère éducation... Hé bien ! il s'est passé quelque chose d'assez curieux avec ce vieux fonds d'incoercible honneur : il s'est tu, étrangement... L'aurai-je définitivement étouffé ?... Par les époques troublées que nous traversons, la chose est possible...

Il réfléchit une minute :

- Probable même !

- À tout à l'heure, Népo !

- Tu ne m'embrasses pas, Marie-Blanche ?

- Pas avant de m'être réhabilitée.

- Va, va, créature de tristesse, va-t-en à ta tâche de dévouement silencieux !

La créature de tristesse dégringolait déjà l'escalier, légère comme l'oiselle, sûre de son charme tout puissant, irrésistible, victorieux.

Chapitre dix-septième

Dans lequel, si la vertu n'est pas récompensée, aucun châtiment ne vient frapper le vice, contrairement à l'usage entretenu par certains moralistes, qui ne sont, au fond, que de louches hypocrites dans la vie privée desquels la moindre incursion vous ferait reculer d'horreur.

Un vieux dicton met en garde contre les périls qui vous guettent si vous jouez avec le feu.

Un autre vous prémunit du danger résultant du badinage et de l'amour.

Et tant d'autres proverbes, frappés au coin de la sagesse et l'expérience, et qui hélas ! ne servent à rien, tant les jeunes gens apportent d'incurie et de présomption à la marche de leur existence sentimentale.

Tel est le cas, sans aller plus loin, de notre vieux camarade, le négrier (?) javanais (?) Berg-op-Zoom.

À cette heure Berg-op-Zoom idolâtrait passionnément Marie-Blanche Loison.

Comment s'était produit ce phénomène ?

L'explication nous en apparaît des plus simples.

Veuillez plutôt, frivoles lectrices et vous aussi lecteurs superficiels, faisant violence à votre coutumière folâtrerie, tendre un peu votre attention mal exercée.

De l'état d'amoureux, d'amoureux sincère se dégage tout naturellement, inconsciemment, un curieux manège, parfois fort ridicule, mais auquel, à moins d'être la dernière des gourdes, la personne objet de cette passion ne se trompe pas.

Je n'insisterai pas, car il commence à se faire tard, sur les détails de ce manège, maintes fois décrits par les romanciers psychologues et autres rigolos.

(En des genres différents, Paul Bourget et Paul de Kock ont excellé dans cette sorte de peinture.)

Touchantes, alors qu'elles partent du cœur, ces simagrées sont purement odieuses lorsqu'elles ne sont que le fait du lâche séducteur, du simple fantaisiste dont le mobile souvent s'appelle vanité et plus souvent encore, hélas ! Sensualité, bellâtre qui, son coup perpétré, pirouette gaiement sur ses talons, se retire, une plume à son chapeau, fredonnant quelque ariette en vogue.

Chaque fois que l'occasion s'en présentera, nous n'hésiterons pas à flageller de tels errements, comme dit si bien M. Paul Leroy-Beaulieu.

Mais que dire d'un cas, tel celui qui nous occupe, où la vanité, ou la sensualité, motifs après tout humains, ne sont même pas en jeu !

Une circonstance dans laquelle il ne s'agit que d'un misérable pari, une gageure, pour dire le vrai mot !

La Nature, qui possède cela de commun avec la Providence, jouit d'une peu commune impénétrabilité de desseins.

Sous des dehors un peu loufoques, la Nature sait ce qu'elle fait, d'où elle vient, où elle va.

Elle a sa morale à elle, morale assez différente de celle de ce vieux bandit de saint Vincent de Paul, morale dans laquelle l'Individu se trouve impitoyablement sacrifié, pour le plus grand profit de l'espèce.

Comme toutes les morales, celle de la nature s'accompagne de diverses sanctions dont la plus employée est ce que nous appellerons la mort sans phrase.

Quand un animal, pour une raison ou pour une autre, gêne les desseins de la nature, ah ! je vous prie de croire que cela ne traîne pas : le pauvre être a bientôt fait d'être boulotté, comme dit M. Alphonse Milne-Edwards, par plus fort que lui.

Capricieuse, comme c'est le droit d'une aussi jolie personne, des fois la nature s'amuse à faire des blagues à qui essaye de contrecarrer sa norme.

C'est ainsi qu'elle ressent le plus vif plaisir à ce que les faux amoureux, les inanes séducteurs, les secs godelureaux, se laissent prendre le cœur dans l'engrenage, j'ose m'exprimer ainsi, de leurs propres embûches.

La vieille sagesse des nations a fort bien noté ce fait, au moyen de plusieurs formules dont deux citées plus haut :

« Il ne faut pas jouer avec le feu. »

« On ne badine pas avec l'amour. »

Nous autres savants, nous appelons cela un phénomène de réversibilité.

L'amour détermine certaines manifestations extérieures.

Des manifestations extérieures identiques, engendrent l'amour.

C'est drôle, mais c'est ainsi.

Ce phénomène de réversibilité, plus répandu qu'on ne croit dans le monde sentimental, n'en est plus à compter ses applications sur le tapis de la mécanique industrielle.

Ainsi, pour ne parler que de certains dispositifs, employés dans les voitures automobiles...

Mais, je crois que nous embardons, ne vous semble-t-il pas ?

Revenons donc à ce que nous appellerons, par euphémisme, un mouton.

Berg-op-Zoom, donc, s'était pris à ses propres lacs : à force de jouer avec le feu, voilà qu'il flambait ! Aussi quand Marie-Blanche Loison, pénétrant dans sa chambre, lui avait dit d'une pâle voix de victime résignée : « Me voici, je suis à vous ! », pour un Néerlandais estomaqué, on peut dire que ce fut un Néerlandais estomaqué !

Il s'attendait si peu à ce dénouement !

Qu'auriez-vous fait à sa place ?

Allons, ne posez pas à la délicatesse, vous n'auriez pas agi autrement que lui et, fichtre, ce n'est pas moi qui vous en blâmerai !

Quand une jeune personne de la valeur physique de Marie-Blanche Loison entre dans votre chambre, en proie à de si bonnes dispositions, les plus nobles sentiments se taisent d'eux-mêmes, quitte à pousser bientôt l'âpre vocifération du remords, mais, pour l'instant, ils se taisent, et ils font aussi bien de se taire ; qui les écouterait ?

Chapitre dix-huitième

Où se produit un changement à vue auquel, je parie vingt contre un, les plus astucieux de nos lecteurs ne s'attendaient guère, et qui justifie le titre, jusqu'à présent assez énigmatique, de ce charmant petit roman.

Usant plus haut d'une expression triviale, nous disions : « Pour un Néerlandais estomaqué, Berg-op-Zoom fut un Néerlandais estomaqué », voyant entrer chez lui Marie-Blanche Loison, si étrangement consentante.

Mais comment dépeindre la stupeur du même personnage encore tout emparadisé, croyant à quelque hallucination, quand sa porte s'ouvrant brusquement :

- Berg-op-Zoom !... Vous êtes un gentilhomme !... dit Marie-Blanche Loison d'une voix forte qu'il ne lui connaissait pas.

D'un bond, Berg-op-Zoom quitta le divan où il jonchait la torpeur de ses récentes délices.

- Un gentilhomme !... chercha-t-il à comprendre. Mais sans doute !... J'ai la prétention d'être un gentilhomme dans toute la force du terme.

- Alors, savez-vous, en pareil cas, comment se comportent les gentilshommes de nos contrées ?

- Je ne sais pas, Marie-Blanche, mais si la chose vous intéresse, je ferai comme eux... J'ai toujours pris les mœurs des peuplades où m'a conduit la destinée.

- La France n'est pas une peuplade, Berg-op-Zoom, mais en qualité d'étranger, je vous pardonne cette injure... Eh bien ! Berg-op-Zoom, en pareil cas, un gentilhomme français éviterait soigneusement de se vanter.

- C'est bien ce que je comptais faire, Marie-Blanche Loison.

- Pour sauver l'honneur d'une femme, le gentilhomme français n'hésite pas à sacrifier un malheureux billet de vingt-cinq louis.

- Et même de cinquante ; Marie-Blanche, vingt-cinq que je ne gagne pas plus vingt-cinq que je perds, mais bast !... je ne les regrette pas.

Il ajouta sur le ton de la passion contenue :

– Au contraire, Marie-Blanche Loison, au contraire !

– Vous êtes tout de même un chic type ! ne put s'empêcher Marie-Blanche d'éclater. Oui, un chic type ! et j'en connais des tas qui n'auraient pas fait comme vous !

L'espace nous est, hélas ! trop mesuré pour que nous puissions nous livrer à la moindre psychologie et cela est fort regrettable. Nous aurions, si le cœur nous en eût dit, étudié les causes de la passion spontanée et, si j'ose dire, éruptive qui jetait Marie-Blanche Loison dans les bras de Berg-op-Zoom.

Peut-être les causes sont-elles moins compliquées que nous nous amuserions à le développer :

Berg-op-Zoom était un chic type, tout de même ! En faut-il davantage ?

Et peut-on refuser – car nous abrégeons – à un aussi chic type de filer avec lui vers cette merveilleuse île de Java si bien faite pour l'amour et dont il lui montrait un grand nombre de photographies représentant les indigènes et quelques-uns des sites des plus pittoresques.

Et puis, elle en avait assez, de Montmartre, Montmartre-la-Purée !

C'est bon quand on est môme, ces trucs-là !

Le soir même ils prenaient le rapide de Marseille qui part de Paris à 9 h. 15 et vous met à Dijon dans la nuit, à 1 h. 51, car c'est bien loin, Marseille, pour s'y rendre d'une seule traite.

Chapitre dix-neuvième

Dans lequel l'auteur n'est pas fâché d'en finir avec toutes ces histoires à dormir debout.

- Pan, pan, pan.

- Entrez... Ah, c'est vous, mon cher duc.

- Moi-même, monsieur Le Briquetier. Qu'y a-t-il pour votre service ?

Il y a pour mon service que M. Berg-op-Zoom m'a chargé de vous remettre cette enveloppe.

L'enveloppe, on le devine, recelait l'enjeu stipulé. Raoul Le Briquetier ouvrit alors le tiroir de sa table de nuit, en sortit un revolver qu'il mania fébrilement.

- Mon cher Richelieu, vous voyez cette arme ?

- Je la vois.

- Hé bien...

- Hé bien quoi ?

- Hé bien, je l'aurais fait comme je le dis !

La brusque disparition simultanée de Berg-op-Zoom et de Marie-Blanche Loison sert encore de thème, dans l'*Hôtel de la Cloche-de-Bois*, à mille hypothèses plus saugrenues les unes que les autres.

Raoul Le Briquetier tint à dépenser lui-même, en toutes sortes de plaisirs personnels, ses vingt-cinq louis, un restant de pudeur l'empêchait de faire profiter ses meilleurs amis d'un or dont la source était si peu cristalline.